MELINA LORENZ

Desiderium

EINE SEHNSUCHT

novum pro

www.novumverlag.com

Bibliografische Information
der Deutschen Nationalbibliothek:

Die Deutsche Nationalbibliothek
verzeichnet diese Publikation in
der Deutschen Nationalbibliografie.
Detaillierte bibliografische Daten
sind im Internet über
http://www.d-nb.de abrufbar.

Alle Rechte der Verbreitung,
auch durch Film, Funk und Fernsehen,
fotomechanische Wiedergabe,
Tonträger, elektronische Datenträger
und auszugsweisen Nachdruck,
sind vorbehalten.

© 2020 novum Verlag

ISBN 978-3-99064-969-5
Lektorat: Mag. Eva Reisinger
Umschlagfoto: Melina Lorenz
Umschlaggestaltung, Layout & Satz:
novum Verlag

Gedruckt in der Europäischen Union
auf umweltfreundlichem, chlor- und
säurefrei gebleichtem Papier.

www.novumverlag.com

Für all die, die nicht verstehen;
Lasst uns eine Milchstraße erschaffen.

Für dich, den ich liebe
und in dessen Grün ich mich
so gern spiegelte.

Und für die anmutige Löwin,
die heller strahlt als alle Sterne
am Nachthimmel es je könnten.

Prolog

Die Pistole in meiner Hand wog schwerer als eigentlich möglich. Ich zitterte ohne es zu wollen, während der Mann, der mir gegenüber stand, ganz ruhig war. Er hatte auch eine in der rechten – auf mich gerichtet. Eigentlich sah ich ihn gar nicht genau. Eigentlich nur seine Silhouette. Aber es könnte auch nur so aussehen als sei es seine Silhouette, weil er ganz in Schwarz gekleidet und die alte Fabrikhalle auch dunkel war. Trotzdem konnte ich ihn sehen. Irgendwie. Irgendwie auch nicht. Generell war mir dieser Moment ziemlich schleierhaft, weil ich zu sehr damit beschäftigt war ruhig zu bleiben und zu zielen. Natürlich hatte ich Angst und wäre meine Blase nicht leer gewesen hätte ich mir in die Hose gepisst. Aber sie war eben nicht voll und ich hatte eben eine Waffe in der Hand und eine wurde auf mich gerichtet. Meine Mutter sagte immer, man solle das Beste aus jeder Situation herausholen. Ich fand schon immer, dass das dumm war, wenn es scheiße lief, lief es eben scheiße. Dann brauchte man sich auch nichts anderes einzureden. Diese Situation war scheiße und ich glaube, ich muss nicht erklären wieso. „Rück das Mädel raus, Knirps, oder ich mach dich kalt!", der Typ mir gegenüber schrie für meinen Geschmack ein bisschen zu laut.

„Mir ist schon kalt, danke", erwiderte ich.

Das war eine Lüge. Mein Rücken war durchnässt von Schweiß, es war Hochsommer und ich stank. Die Fabrik stank auch, muffig und feucht war sie dazu. Ich sah über die Schulter.

Sie musste bald kommen.

Ich hoffte nicht, doch ich wusste, sie würde meine Spur verfolgen. Sie konnte das gut. Eine Kugel knallte in den Boden. Neben mir. Fast wäre mir die Schusswaffe aus der zitternden Hand gefallen, aber meine Finger waren zu verkrampft um es zuzulassen. „Das war ein Warnschuss. Der nächste trifft dich!", er sprach immer noch zu laut und das nervte. Ich wusste nicht, was mich jetzt noch retten sollte. Ich wollte nicht abdrücken. Vor allem, weil ich keine Munition hatte. Aber das wusste er ja nicht.

Er begann von zehn runter zu zählen und ich fragte mich, was das sollte. Ich bin kein Kind mehr und ich weiß, wie man zählt. Er auch, wie ich hörte. Überhaupt, wie konnte er so dumm sein und ankündigen wann er schoss? Ich hab auch eine Pistole und könnte theoretisch abdrücken. Praktisch zwar nicht, aber das weiß er ja nicht. Das heißt, theoretisch hätte ich ihn schon längst ohne Vorwarnung umbringen können. Und so wunderte ich mich über die Dummheit dieses Mannes und wartete auf einen Ausweg. Die Luft war zum Zerreißen gespannt und ich hielt es kaum aus. Mein Atem ging flach und wenn ich so weiter machte, würde mich die Ohnmacht bald zu ihr holen.

„... 4 ... ", er zählte immer noch. Wahrscheinlich wartete er darauf, dass ich plötzlich Informationen preisgeben oder *das Mädel* herholen würde und mich ergäbe. Aber ich tat beides nicht. Nur die Waffe in meiner zitternden Hand konnte mich da rauskicken. Aus dieser fetten Scheiße. Mir wurde mal wieder bewusst, wie stark die Ausdrücke des Mädchens auf mich abfärbten.

Das Mädchen.

Ich hörte Schritte. Sie rannte auf mich zu und der Mann drückte bei zwei plötzlich ab. Zählen konnte er also, aber wie ein Countdown funktionierte wusste er nicht. Wieder wunderte ich mich über seine Dummheit, spürte aber auch einen unangenehmen Druck in meiner Schulter als die Kugel in mein Fleisch eintauchte. Ich habe es also doch nicht geschafft ganz auszuweichen. Mist.

Und dann ging alles so schnell, dass ich es nicht komplett zusammenfügen konnte: Plötzlich steht ihr blonder Haarschopf vor mir. Komischerweise hat sie auch eine kleine Pistole in der Hand. Sie blitzt silbern und sie drückt ab. Wenigstens eine, die Munition hat.

Drei Mal höre ich sie schießen und drei Mal dumpf aufprallen. Sie hat ihn getroffen.

„Komm, schnell!", sie zieht mich am unverletzten Arm mit sich. „Scheiße, warum bist du nicht schneller ausgewichen, Bastard?", sie schimpft weiter herum und zieht mich – ganz benommen, weil sie gerade einen Menschen eiskalt abgeknallt hatte – mit sich.

Meine Knie wurden weich, ob wegen des Schocks, da ich langsam in vollem Ausmaß begriff, was sie gerade getan hatte, oder wegen des Streifschusses an meiner Schulter, wusste ich nicht.

Wir flüchteten wie aufgescheuchte Rehe aus der Halle und rannten über die ausgedörrte Wiese. Ich fragte nicht nach, konnte mir aber denken, dass wir noch weitere Verfolger hatten.

Dann hörte ich noch einen Schuss und sie – direkt vor mir – fiel auf das vertrocknete Gras.

Kapitel 1

Manchmal habe ich das Gefühl ich träume, aber dann spürte ich diesen Schmerz und ich wusste, dass es nicht so ist.

Meine Freundin hat heute Morgen mit mir Schluss gemacht. Noch vor der Schule. Eigentlich wusste ich nicht, ob ich sie überhaupt geliebt hatte. Auch nach sechs Monaten Beziehung wusste ich das nicht. Aber jetzt tut meine Brust weh. Zumindest bildete sich das mein Gehirn ein. Ich muss zugeben, dass ich ein relativ eingebildeter Typ war und mit Zurückweisungen nicht ganz klar kam. Die meisten Mädchen auf meiner Schule hatten was für mich übrig und es kam nicht selten vor, dass ich eine Liebeserklärung bekam. Sie meinen, mit meinen dunklen Haaren und den hellgrünen Augen habe ich was Verführerisches an mir.

Ziemlich primitiv, wie ich finde.

Außerdem bin ich groß, habe einen breiten Brustkorb und ein paar Muskeln. Anscheinend ist das bereits alles, was Teenie-Girls brauchen. Hinzu kommt, dass ich nicht viel rede, deshalb denken sie, sie könnten mich mit allerlei Belanglosigkeiten und dummem Geschnatter vollquatschen. Deshalb habe ich irgendwann angefangen alle zu ignorieren. Sie nerven mich, also verachte ich sie. Eine simple Lösung um in Ruhe gelassen zu werden. Leider haben die Liebeserklärungen nicht aufgehört, sie fanden mich auf einmal cool, weil ich angeblich so kühl wäre. Anscheinend ist das etwas, auf das Teenie-Girls seit *Twilight* total abfahren. Danke, Edward.

So kam ich zu meiner Freundin.

Sie machte mir eine Liebeserklärung und ich erwiderte sie. Alle waren total aus dem Häuschen. Sie war glücklich, weil sie mit ihrem Traumtypen zusammen war, ich war etwas weniger unglücklich, weil ich keine weiteren Liebeserklärungen bekam.

Dafür musste ich in der Mittagspause neben ihr sitzen und sie manchmal küssen. Auch wenn es etwas nervig war, nahm ich es in Kauf. Sie redete nicht so viel wie einige ihrer Freundinnen und sie schmeckte beim Küssen ein wenig nach Melonen. Ich fand Melonen ganz annehmbar.

Tja, jetzt war ich also wieder Single und meine Brust schmerzte, weil mein Gehirn es ihr befahl. Und mein Gehirn befahl es ihr, weil ich an die Zukunft denken musste, in der ich nun wieder Liebeserklärungen und dummes Gequassel von Teenie-Girls hören musste. Allgemein fand ich mein Dasein ziemlich unnötig und generell hinterfrage ich ziemlich oft bestimmte Dinge. Zum Beispiel fragte ich mich an diesem Morgen, ob ich mich etwas fragen könnte, wenn ich nicht leben würde. Zumindest, wenn ich nicht körperlich hier leben würde. Aber nicht körperlich kann man eigentlich nicht leben. Aber was, wenn man einen Körper hat, aber keine Wahrnehmungsfähigkeit? Man würde also gar nicht wissen, dass man einen Körper hat, weil man ihn überhaupt nicht spüren kann und wenn man auch die anderen Sinne nicht hatte, konnte man auch nichts anderes wahrnehmen. Allerdings würde man dann wohl nicht lange leben.

Solchen sinnlosen und unlogischen Gedankengängen erliege ich. *Mann, mein Leben muss wirklich langweilig sein.*

Die Schulglocke ertönte und unser Lehrer trat ein. Der Rest fügte sich dem gewohnten Muster jedes einzelnen Tages: Der Lehrer versuchte uns die Dinge beizubringen, die im Lehrplan standen, und manchmal schrieben wir mit. Oder wir gaben vor mitzuschreiben. Die meiste Zeit starrte ich aus dem Fenster, schlief oder hörte ab und zu auch zu. Wobei das Letztere schon eine Besonderheit war. So lief das jeden Tag ab – und es ätzte mich an.

Nach der Schule rannten alle Schüler aus dem Haus – glücklich über die Sommerferien, die auf das Wochenende folgten. Nachdem ich drei Mädchen zum Weinen brachte, weil ich keine überwältigenden und so leidenschaftlichen Gefühle für sie hegte, wie sie für mich, konnte ich das Schulhaus auch endlich verlassen. Draußen wartete bereits mein Chauffeur vor dem schwarzen

Mercedes. Er verbeugte sich ergeben vor mir und öffnete mir die Tür. Ich spürte die bewundernden Blicke auf meinem Rücken und verdrehte kaum merklich die Augen. *Die haben ja keine Ahnung!* Ich beeilte mich einzusteigen und der Fahrer im vornehmen Anzug schloss die Tür, schritt zur Fahrerseite ums Auto herum und stieg selbst ein. Er startete den Motor und fuhr los. Erleichtert ließ ich mich in meinen Echtledersitz sinken und schloss die Augen. *Was für ein ätzendes Leben.*

Das Anwesen war bis auf die Bediensteten und mir quasi unbewohnt. Dabei hätte man darin ein gesamtes Krankenhaus einrichten können. Meine Eltern waren Geschäftsleiter zweier bekannter Firmen und hatten jeden Tag alle Hände voll zu tun – selbst an Sonntagen. Und so saß ich, wie jeden Tag, allein am Ende der riesigen Tafel im Speisesaal. Ein Zimmermädchen brachte mir das heutige Mittagessen, das ich am Morgen ausgesucht hatte. Nachdem ich mit meiner Mahlzeit fertig war, verschwand ich in meinem Zimmer. Ich setzte mich auf einen Hocker, der vor einer Staffelei platziert war, und auf dieser wiederum war eine Leinwand gespannt. Sie war unberührt und ich nahm einen Pinsel zur Hand um dies zu ändern. Doch mein Kopf war leer. „Leere kann man eben nicht mit Leere füllen", murmelte ich in die Stille hinein. Und genau das war mein Problem:

Wie sollte ich Leben in mein Leben bringen, wenn ich selbst doch gar nicht war?

Ich seufzte, legte meinen Pinsel beiseite und starrte auf die weiße Leinwand. Als ich meinen Blick wieder abwandte ging die Sonne bereits unter. Schockiert – nein, ich wollte schockiert sein, brachte allerdings keine Emotionen zustande – stand ich auf. Ich hatte den gesamten Nachmittag damit verbracht ein „Nichts" zu betrachten und bin dabei selbst zu einem mutiert. Oder ich war es schon immer, das kann ich nicht genau sagen. Ich kniff die Augen zusammen. So konnte das nicht mehr weitergehen. Ich konnte nicht jeden Tag abwarten bis etwas passierte, das mich aus dieser alltäglichen Einöde raus brachte. Und plötzlich verstand ich, dass ich mich selbst grundlegend verändern musste um das zu erreichen. Ich musste mir ein erfüllendes Hobby suchen – neben dem Versuch zu malen – und mir einen festen Freundeskreis schaffen. Vielleicht bekam ich dann eine echte Freundin und ich wäre vielleicht nicht mehr so negativ veranlagt. Aber Menschen waren anstrengend. Sie mussten immer das Offensichtliche aussprechen, selbsterklärende, langweilige Fragen stellen, sich über Alltagsprobleme ärgern und und und. Kurzum: Man wurde beeinflusst und das wollte ich nicht. Allerdings konnte das auch positiv sein. Ich wog beide Seiten in Gedanken auf einer Waage ab und stellte mit gespieltem Erschrecken fest, dass – oh Schreck! – die Contra-Seite viel mehr wog. Das hatte man davon, wenn man sich bemühen wollte, etwas an seiner Einstellung zu ändern: Man wurde enttäuscht. Obwohl man erst enttäuscht werden kann, wenn man etwas nicht von vornherein wusste, was in diesem Fall nicht zutraf, da ich mir vollkommen bewusst war, wie anstrengend Beziehungen waren – zumindest bildete ich mir ein, es genau zu wissen – aber wenn man es genau nahm, war ich auch davon überzeugt alles besser zu wissen. Ich zeigte es nur selten. Ich konnte es auch niemandem zeigen, fiel mir auf. Ich war ja alleine. Ich ließ mich wieder auf meinen Hocker fallen. Was dachte ich mir da nur wieder für einen Blödsinn zusammen?

Nach dem Abendessen beschloss ich kurzerhand spazieren zu gehen. Ich hatte sonst nichts zu tun, niemand wartete auf mich und es sind die großen Ferien. Für die Schule konnte ich also auch nicht wirklich etwas tun.

Ich schlenderte also durch den in der Nähe liegenden Park und langweilte mich zu Tode. Ich dachte darüber nach, was ich zeichnen könnte, doch fiel mir nichts ein. Ich beobachtete die saftig grünen Blätter eines Baumes. Es sah schön aus, wie sie sich im Winde, geschmeichelt von der Brise, hin und her wälzten. Ein mürrisches Gemurmel ließ mich aufblicken. Auf einer Parkbank, direkt neben dem Baum, lag ein Mädchen, ihre Jacke über sich ausgebreitet und sie veränderte ständig ihre Position. Sie hielt inne als sie bemerkte, dass sie beobachtet wurde, und sah auf. Unsere Blicke trafen sich und ich sah in blaue Augen. Diese verengten sich nach einer Sekunde zu Schlitzen. „Was starrst du mich so an?", fuhr sie mich an. Ich zuckte zusammen, so hatte noch nie jemand mit mir geredet und es störte mich gewaltig, dass sie sich das erlaubte. Als der Sohn einer reichen Familie wurde mir jederzeit der nötige Respekt entgegengebracht. Also zuckte ich nur mit den Schultern, starrte allerdings weiter. „Was soll das, du Bastard? Zisch ab!" „Bastard?", ab da war ich verwirrt. „Ja, Bastard. Was dagegen?" Ich dachte kurz nach und zuckte mit den Schultern: „Nein, ich denke nicht." Sie zog ihre Augenbrauen zusammen. Ab da war sie verwirrt.

„Du bist seltsam", bemerkte sie unwirsch. „Du bist direkt", bemerkte ich. Auf einmal begann sie zu grinsen. Sie legte den Kopf schief und schaute mich an und ich schaute zurück. Das ging einige Momente lang so und ich hielt es für sehr ungewöhnlich, dass sie mich nicht vollquasselte. Gleichzeitig schüttelte ich in Gedanken den Kopf über mich selbst; es war typisch von mir, so etwas zuerst zu bemerken. Andere würden lieber auf ihre dreckverschmierten Kleider eingehen und den Verbleib von Schminke oder Ähnlichem. Aber ich bin eben nicht so. Mir fiel sofort diese angenehme Stille auf, die mir nicht einmal wie eine vorkam. Manchmal, denke ich, können Gedanken unausgesprochen bleiben. Man braucht nur diese richtige Person, die sie trotzdem hören kann.

„Ich gehe jetzt", sagte ich einfach so. Eigentlich müsste ich nicht gehen, aber sie hörte nicht auf zu schauen und ich wusste nicht, was zu tun war. Es war mir unangenehm. Sie bat mich auch nicht, mich zu setzen oder dergleichen. Nein. Das hätte auch nicht zu ihr gepasst. Sie schien keines von den verzogenen Püppchen meiner Schule zu sein. Im Nachhinein würde ich behaupten, vom ersten Blickkontakt an gewusst zu haben, dass sie etwas Besonderes war.

Auf meinen indirekten Abschied nickte sie nur und wünschte mir eine gute Nacht. Ich nickte zurück und ging. Auf meinem Weg fragte ich mich immer wieder, ob sie wirklich vorhatte auf dieser Bank zu schlafen, mit ihrer Jacke als Decke. Wenn die Antwort „Ja" lauten würde, würde mich das traurig stimmen und ich nahm mir vor, morgen Abend mit einer Decke wieder zurück zu kommen. Vielleicht könnte sie sie brauchen und wenn sie nicht da sein würde, dann vielleicht jemand anderes. Es gab immerhin genügend bedürftige Menschen auf dieser grausamen Welt.

Kapitel 2

Manchmal habe ich das Gefühl ich träume, aber als ich das rothaarige Mädchen auf der Parkbank liegen sah und die Traurigkeit ihn ihren blauen Augen fast selbst spürte, wusste ich, dass es nicht so ist.

„Was willst *du* wieder hier?", dieses Mal war sie nicht unfreundlich und ich hatte keinen Grund zu starren. Dann fiel mir auf, dass ich versucht war es doch zu tun. Ausweichend starrte ich meine Schuhe an. Es war das neuste Paar von *Nike* und in meinem Bauch machte sich ein seltsames Gefühl breit. Mein Blick wanderte zum Ende der Bank und ich fragte mich, ob sie überhaupt Schuhe hatte. Ich konnte nichts erkennen, ihre Jacke – also ihre Decke – war im Weg. „Ich bringe dir eine Decke", ich ging einen Schritt auf sie zu und reichte ihr das flauschige Bündel. „Mir ist nicht kalt. Wir haben Juli und fast 30 °C. Weißt du das nicht?" Sie legte ihren Kopf wieder schief – ich bemerkte es aus dem Augenwinkel, denn ich starrte ja immer noch auf meine Schuhe. Anscheinend eine Geste, die sie oft machte. „Nachts ist es kälter", stellte ich fest. Sie setzte sich auf und klopfte neben sich auf die Holzbretter. Ich folgte der stillen Aufforderung und sie nahm mir die Decke ab. „Das stimmt", fügte sie hinzu. Wir sahen uns an und wir verstanden uns.

Ich schaute auf den Boden zu ihren Füßen. Sie war barfuß.

Eine Weile schwiegen wir und beobachteten den Sonnenuntergang. „Warum bist du wirklich wieder hier?", flüsterte sie. „Warum flüsterst du?", fragte ich zurück. „Ich will die Grillen bei ihrem Zirpen nicht stören." Mir kam die Antwort logisch vor, obwohl sie, wenn ich im Nachhinein darüber nachdachte, nicht logisch war. Also machte ich leise „Aha", und unser Gespräch war beendet.

Eine relativ lange Zeit hörten wir einfach nur dem Zirpen zu. „Hast du vor irgendwas Angst?" Erwartungsvoll leuchtete sie mich mit ihren Augen an. „Ja", antwortete ich, dabei wusste ich nicht wovor. „Und wovor?", stocherte sie weiter. „Ich glaube, vor dem Nichts", antwortete ich nach einer Denkpause. „Dem Nichts?", sie ließ nicht locker. „Ja, dem Nichts", bestätigte ich und nickte nachdrücklich. „Und was soll das sein?" „Na, Nichts eben." „Das glaube ich nicht", sie schüttelte den Kopf. „Wieso denn nicht? Nichts ist nichts." Sie schüttelte wieder den Kopf. „Nichts ist doch trotzdem etwas." „Mh", ich dachte darüber nach. Dann sah ich sie an. „Wovor hast du Angst?" Sie schaute in den bereits aufkommenden Nachthimmel und in ihren glasigen Augen spiegelte sich das geheimnisvolle Gesicht des Mondes wider. Es war Vollmond. „Dem Tod." „Aha", machte ich und wir schwiegen eine ganze Weile. „Warum vor dem Tod?", hakte ich urplötzlich nach. Sie drehte mir ihren Rumpf zu und schaute mir grimmig in die Augen. Sie legte einen Zeigefinger auf meine Lippen und machte: „Schhh! Du störst sie!" Und sie nickte in Richtung Wiese, die vor uns lag und von der aus die Lieder der Grillen ertönten. Ich zog den Kopf ein und gab ihr zu verstehen, dass ich nichts mehr sagen würde und sie wandte sich zufrieden wieder ab.

Ich beobachtete wie sie mit geschlossenen Augen lauschte, den Kopf im Nacken, die spitze Nase in die Luft gestreckt, die hellen, langen Wimpern auf den Wangen aufliegend und ihre Haut angestrahlt vom blassen Mondlicht – ein wunderschönes Bild, das ich versuchte mit meinen Blicken einzufangen.

„Weil ich nicht weiß, was danach kommt", hauchte sie in die Finsternis, aus der nur das Rot ihres Haares heraus strahlte. „Und hör auf mich anzustarren", setzte sie hinterher und ich musste grinsen und sie musste es auch. Ich hob meinen Kopf den Sternen entgegen und schloss, so wie sie eben, meine Augen. Kurz darauf spürte ich ihren Blick auf mir.

„Ich gehe jetzt", sagte ich irgendwann.

Eigentlich müsste ich nicht gehen, aber ich hatte das Gefühl, für heute war alles gesagt und dass es schon spät war. Sie nickte und wünschte mir eine gute Nacht. Ich nickte und ging, machte nach ein paar Schritten aber nochmal kehrt und verkündete: „Morgen komme ich wieder", sie nickte und ich ging.

Auf dem Weg merkte ich, dass dieses Mädchen eines der wenigen war, die mich nicht nervten und mich in ihrer Gegenwart generell nichts mehr nervte. Mein Leben erschien mir plötzlich doch nicht so trostlos und einsam, trotz der Distanz, die wir wie etwas Heiliges wahrten. Wie zwei Hunde, die sich das erste Mal trafen und vorsichtig gegenseitig beschnupperten.

Auf dieser Parkbank schien nichts mehr so wie sonst immer. Aber da ich jetzt nicht mehr genau wusste, was *Nichts* war, wollte ich mich erst mal auf nichts festlegen und so stempelte ich diesen Gedanken als unvollendet ab.

Als ich die schwere Eingangstür des Hauses aufstieß war alles dunkel. Die Bediensteten schliefen schon. Leise schlich ich mich in die große Eingangshalle – alles stockfinster. „Willkommen zuhause", murmelte ich mir selbst zu. *Hahaha, ich lach mich tot.*

Kapitel 3

Manchmal habe ich das Gefühl ich träume, aber dann wachte ich auf, lag in meinem Bett, inmitten der weißen Laken und hörte die Einsamkeit, die mich umgab, und ich wusste, dass es nicht so ist.

Annabell breitete das Frühstück vor mir aus. Ich hatte mir Bacon, Rühreier und eine Panna Cotta gewünscht. Als ich klein war hatte Mrs. Fitz mir gesagt, ich könne mir wünschen, was immer ich wolle, sie würde es mir sofort kochen. Heute war die Köchin nicht mehr bei uns angestellt. Sie wurde dabei erwischt, wie sie die Brieftasche meines Vaters leerte und nach einigen Nachforschungen kam heraus, dass das nicht das erste Mal geschehen war. Trotzdem konnte ich mir auch heute noch wünschen, was ich wollte, und es wurde frisch zubereitet – auch ohne Mrs. Fitz. Was vor den Geschworenen bei der Gerichtsverhandlung allerdings verheimlicht wurde, war, dass Mrs. Fitz dreifache Mutter war, alleinerziehend und ihr Vermieter sie rausschmeißen wollte. Ich erfuhr das zwei Jahre später von Annabell. Aber vor zwei Jahren wusste ich das nicht und damals war ich noch zu dumm um das zu verstehen. Ich weiß auch nicht ob ich es heute verstehe. Ich lebe im ständigen Überfluss und kann so etwas nicht nachvollziehen. Annabell meinte, das sei ganz normal. Sie war immer nett zu mir gewesen und hatte mich großgezogen – weil meine Mutter mit ihrer Arbeit beschäftigt war. Die einzige Zeit, in der sie nicht gearbeitet hatte, war als sie schwanger war. Damals wurde sie von ihrem Arzt dazu angewiesen und weil dieser ihr Vater war, konnte sie sich schlecht wehren. Mein Großvater war schon vor meiner Geburt gestorben, so konnte ich ihn nie kennenlernen. Annabell hatte mir jedoch viele Geschichten erzählt. Er war ein guter Mensch – wollte immer das Beste für seine einzige Tochter und die Menschen, die in seine Klinik kamen. Ich hatte ihn oft gezeichnet und musste mir eingestehen, dass er eine Art Vorbild für mich war. Heute aber wollte ich jemand anderen abbilden und so tunkte ich meinen Pinsel in blaue Farbe und bemalte die Leinwand. Übermalte das Nichts.

„Wie alt bist du?" „17." Sie legte den Kopf schief: „Du siehst nicht aus wie 17." „Wie dann?" „Älter", schmatzte sie zwischen zwei Bissen des Brötchens hervor. Ich hatte zwei mitgebracht – eines für sie, eines für mich. Ich zuckte mit meinen Schultern. „Kann sein." Sie streckte den Zeigefinger unter meine Nase: „Nein, das ist eine Tatsache." Ihr gespielter Ernst brachte mich zum Schmunzeln, was mich selbst verwunderte. Ich hob nicht oft meine Mundwinkel, fast nie eigentlich. „Wie alt bist du denn?", man sah mir meine Neugierde an, das war mir bewusst. Doch in dem Moment war mir das egal. Sie streckte eitel ihre Nasenspitze in die Luft: „Eine Dame fragt man nicht nach ihrem Alter!" Verwundert hob ich meine Brauen. „Dann kann ich dich ja guten Gewissens fragen." Sie funkelte mich an und ich zeigte auf ihr Gesicht. „Trägst du vielleicht eine Maske um deine Falten zu verstecken?" Sie stieß ihren Ellenbogen gegen meine Rippen: „Was laberst du für'n Mist? Ich hab das Geld für diese Beauty-Scheiße nicht", sie rieb sich ihre Wangen, „alles meine natürliche Schönheit!" „Schönheit? Wo?" Wieder funkelte sie mich an. „Ich bin 16, du Bastard", gab sie nun endlich zu und ich musste mir ein Grinsen verkneifen.

Sie runzelte die Stirn. „Wie heißt du eigentlich?" „Sage ich nicht." „Mistkerl." Es überraschte mich jedes Mal aufs Neue, wenn sie solche Kraftausdrücke verwendete. Einerseits passte es nicht zu ihr, andererseits passte es nicht, wenn sie sie nicht verwendete. „Du?" „Riley", ich sah sie an, als sie ihren Namen so ohne Umschweife nannte. „Ist das dein richtiger Name?", ich fand es seltsam, dass sie ihn so leichtfertig preisgab. Meistens verrät sie einem nicht viel. „Ja, also geh vorsichtig mit ihm um." Ich nickte und fühlte mich tatsächlich so als hätte sie mir gerade ein unbezahlbares Geheimnis anvertraut. „Also ...", sie stützte ihren Kopf in die Hände, „wenn du mir deinen Namen nicht verrätst, bist du von nun an eben Bastard." Sie grinste mir frech ins Gesicht und ich verzog es. „Das ist ein dummer Name", stellte ich fest. „Ja", gab sie zu. Anschließend schwiegen wir. Doch Riley war heute ausgelassener und durchbrach unser leises Beisammensein. „Was sind deine Lieblingswörter?" „Lieblingswörter ...", ich überlegte, „Eigentlich und Relativ. Und deine?" Sie dachte nach. Dann sprach sie: „Sag deinen neuen Namen." „Bastard?" Sie lächelte und nickte. „Ja, das ist jetzt mein Lieblingswort." „Ich bin eigentlich gar keiner", bemerkte ich. „Das macht doch nichts. Jetzt bist du einfach das Wort. Es muss doch nicht bedeuten, was es bedeutet, oder? Wir könnten es völlig neu erfinden." Ich sann über diese Überlegung nach. „Stimmt, aber was soll es dann bedeuten?" Sie drehte sich auf der Bank zu mir um. Die braune Lackfarbe splitterte leicht ab und passte nicht zu ihren hellen, strahlend roten Haaren. Sie versprühten eine frische Wärme, was das Licht, das durch sie hindurch leuchtet, noch unterstrich und dass sie sich sanft ineinander lockten, verlieh ihnen eine gewisse Leichtigkeit. Die Bank dagegen wirkte kalt, alt und trostlos. Ein nicht zusammenpassender Gegensatz, welcher sie noch unwirklicher erscheinen ließ.

„Es hat doch schon eine neue Bedeutung. Es ist mein Name für dich. Nicht mehr und nicht weniger." Ich lächelte. „Das klingt schon besser."

Dann sahen wir uns einfach nur an. Nach einiger Zeit lächelte ich und sagte: „Ich gehe jetzt." Sie nickte und wünschte mir eine gute Nacht. Ich stand auf und fügte hinzu: „Morgen komme ich wieder." Und sie nickte noch einmal und ich ging. Auf dem Weg stellte ich fest, dass ich nicht wollte, dass sie auf dieser ungemütlichen Parkbank schlief. Sie war viel zu zerbrechlich dafür, aber eigentlich auch nicht. Sie hatte etwas Borstiges an ihr, das sie unbesiegbar erscheinen ließ. Wie eine Königin oder Göttin. Wunderschön, unnahbar und gleichzeitig unerschütterlich.

Kapitel 4

Manchmal habe ich das Gefühl ich träume, aber dann erinnerte ich mich an die Distanz, die zwischen mir und dem Mädchen lag und ich wusste, dass es nicht so ist.

Es schien als könnte ich nicht über die Straße gehen, die mich davon trennte. Die mich von den Menschen trennte. Die mich von mir selbst trennte. Die mich von der Welt außerhalb meiner Blase trennte. Ja, ich war der Junge in der schillernden Seifenblase, in der sich das Licht von ihren eigenen Wänden reflektierte, der nichts von außerhalb mitbekam.

Im Einkaufszentrum war viel los. Kein Wunder, es war Samstag in den Sommerferien. Eine Woche ist schon vergangen, seit einer Woche kenne ich Riley. Noch nie hatte ich sie außerhalb des Parks gesehen – bis auf jetzt. Sie hatte ihre Jacke an, obwohl es brühend heiß war. Sie schlenderte um das Obstregal und ließ unauffällig einen Apfel in ihre Jackentasche gleiten. In der anderen Tasche verschwand ein Croissant.

Ich starrte sie an, sah, wie sie an der Kassiererin vorbeiging – als wäre sie die Unschuld in Person. Ich dachte, nein, ich konnte nicht denken, denn in mir tobte es.

Wie konnte sie so etwas Falsches tun? Ich schnappte mir meine Wasserflasche, stellte mich in die Schlange an der Kasse, bezahlte und verließ das Geschäft. *Wie konnte sie nur so etwas tun?* Sie war eine Diebin. Eine Gesetzlose! Riley … das einzige Mädchen, das ich erträglich empfand, ehrlich und nicht aufgesetzt, war eine einzige Enttäuschung. Meine einzige Freundin auf dieser Erde. Eine Welt brach in mir zusammen als ich mich auf die Parkbank setzte. Mein Wasser in der einen Hand wartete ich bis sie kam. Ich wartete zwei Stunden.

Vielleicht übertrieb ich mit meinen Flüchen über ihre Tat und vielleicht hatte sie einen Grund so etwas zu tun. Doch kein Grund der Welt kann ein Verbrechen entschuldigen. Und dabei ist es nicht relevant, wie verheerend dieses ist. Was falsch ist, ist falsch, egal unter welchen Umständen, oder aus welchen Beweggründen. Und meine Wut und Empörung auf ihr Verhalten wuchsen mit jeder Minute immer weiter, immer mehr.

Die Dämmerung setzte ein. Der Himmel war rosa verfärbt und wirkte so zart. Unschuldig. Leider war nichts wie es schien. Das hatte ich heute gelernt. Die Sonne, die diese Illusion der Zärtlichkeit schuf, konnte uns töten, wenn wir nicht aufpassten. Und wenn das Rosa vom Himmel weicht, macht sich die Dunkelheit breit. Die Zeit des Übergangs. Die Ruhe vor dem Sturm. Und genau zu dieser Zeit kam sie. Ich stand auf und erwartete sie. Die letzten Strahlen durchleuchteten ihre roten Haare und wäre ich nicht sauer, hätte ich mich genau in diesem Moment verliebt. Aber ich war nun mal sauer und sie war nicht die, für die ich sie gehalten hatte. Ich dachte, sie sei ein Opfer unserer grausamen Welt, dabei war sie selbst grausam. „He, Bastard", sie strahlte mich an. Doch als meine Züge unbewegt blieben tat sie es mir nach. „Was ist?" „Warum klaust du?" Ich sprach ruhig, obwohl ich mich nicht so fühlte. Sie hörte auf, auf mich zuzugehen und blieb stehen. „Irgendwie muss man überleben", sie sah mich direkt an. „Aber deswegen klaut man nicht!", brüllte ich. Jetzt kam es zum Vorschein, das unruhige Tier in mir. „Was soll ich denn sonst essen?", sie spuckte, während sie jetzt auch anfing zu schreien. „Es gibt andere Wege als so etwas Ungesetzliches zu tun! Ich will gar nicht erst wissen, was du sonst noch alles fälschlich erworben hast!" „Ha! Und auf welchem Weg?? Ich gehöre nicht zu *deinen* Kreisen!", ihre Stimme war erfüllt von Hass. „Ich kann mir nicht aussuchen, was ich wann esse, wann ich wo hingehe. Ich schlafe auf einer Parkbank! Du verstehst mich doch gar nicht! Du weißt nichts!"

„Du hättest mich um Hilfe bitten können! Wozu sind wir denn Freunde?" Sie starrte mich an. Eine Träne kullerte ohne Vorwarnung an ihrer Nase entlang und sie verzog den Mund.

„Du verstehst gar nichts!", brüllte sie weiter und Tränen sammelten sich jetzt in Bündeln in ihren Augen. Sie ging auf mich los und schlug mit geballter Faust auf meine Brust ein. „Du weißt doch gar nichts!!", brüllte sie immer noch, obwohl sie direkt vor mir stand und mich schlug. Immer auf die gleiche Stelle und es fing an weh zu tun. Sie war stark. Ich verstand es wirklich nicht. Nichts von dem, was hier los war. Ich verstand nicht einmal warum ich so wütend war. Ich verstand nicht warum sie wütend war. Ich wusste nicht mal, ob sie wütend war, oder doch nur verzweifelt. Ich beobachtete sie. Wie sie schrie und auf mich einschlug. Ihr Gesicht fast so rot wie ihr Haar, ihre Augen fest zusammengepresst; sie wollte nicht sehen, wen sie schlug, nicht mehr sehen, in welcher Welt sie war, in der es keinen Platz für sie gab. Im Grunde waren wir uns doch sehr ähnlich; wir beide kannten unseren Platz in dieser Welt nicht. Und als ich das dachte, versanken die letzten Strahlen der Sonne; der Zauber ihrer roten Locken nahm dennoch nicht ab, sie wurden nur umso tiefgründiger; und die Sonne machte Platz für die einlullende Dunkelheit, die doch nicht so dunkel war. Und zu dieser Zeit schlug das kleine Kind vor mir auf mich ein und wollte weder Licht noch Schatten wahrnehmen.

Ich tat nichts. Ich glaubte, dass es das Beste wäre, wenn sie es raus ließ. Was auch immer das war. Und dann brach sie beinahe zusammen und schluchzte in meinen Armen. Ich stellte keine Fragen. Ich hielt sie einfach. Und ich fragte mich, ob ich heute anders wäre, wenn ich so jemanden gehabt hätte. Jemanden, der mich einfach hielt. Einen Fels in der Brandung.

„Du bist emotional behindert, mein Kind. Aber das heißt nicht, dass du weniger wert bist, verstanden?" Ich war fünf als meine Mutter mir das sagte und anschließend die Tür zuknallte. Dann sah ich sie einige Wochen nicht mehr. Sie war damals zu einer Geschäftsreise in Frankreich unterwegs. Damals habe ich sie gefragt, was mit mir nicht stimmte, bevor sie aufbrechen musste. Mir fiel es schon immer schwer, die Gefühle und Handlungen anderer Menschen zu verstehen.

Ich stand am Rand von unserem privaten Pool und stieg auf den Startblock. Die Solarlichter im Boden spendeten uns ein fahles Licht, das gerade hell genug war um unsere Gesichter zu erkennen. Riley hatte die Stoppuhr in der Hand und gab mir das Startzeichen. Ich konnte sie nach ihrem Ausbruch nicht im Park zurücklassen. Also nahm ich sie mit nach Hause. Es war sowieso niemand da, der irgendetwas dagegen sagen könnte. Ich war der einzige Edinburgh auf dem Anwesen. „Edinburgh? Hahahaha! Wie die Hauptstadt von Schottland? Da ist Bastard ja noch besser." Sie hatte sich darüber totgelacht, als sie die Aufschrift auf dem Tor sah. Die ganze Auffahrt über hatte sie sich über meinen Familiennamen lustig gemacht und ich bedankte mich still bei ihr. Ich hasste meine Familie. So eben auch ihren Namen.

Ich machte einen Hechtsprung und platschte ins Wasser. Einige Meter tauchte ich, die restlichen kraulte ich. Als ich wieder auf der Startseite ankam hielt Riley feierlich die Uhr an und sprang auf der Stelle. „Wuhuu! Das war klasse!", jubelte sie mir zu. „Jetzt du", entgeistert sah sie mich an und schüttelte den Kopf. „Wieso nicht?" Verlegen wich sie mir aus: „Ich kann nicht schwimmen." Verständnisvoll nickte ich, zog mich aus dem Pool und führte sie – natürlich nicht ohne sie absichtlich nass zu spritzen – zu einem anderen Becken. „Das ist nicht so tief, da müsstest selbst du Liliputaner stehen können. Hier kannst du schwimmen lernen." Als sie panisch den Kopf schüttelte und sich vom Rand wegbewegte ergriff ich sie an der Taille und schmiss sie in weitem Bogen ins Wasser. Sie schrie, ich lachte. Kaum war sie wieder aufgetaucht, beleidigte und verfluchte sie mich mit allen obszönen Schimpfwörtern, die sie kannte. Und das waren einige. Ich machte eine Arschbombe direkt neben ihr und die Fluch-Arie nahm kein Ende. Ich hatte in meinem ganzen Leben nicht so viel gelacht wie an diesem Abend.

Ich zeigte ihr das Bad, wo sie duschen konnte und gab ihr einen Pulli von mir. Ihre eigene Kleidung hatte ich meiner Haushälterin zum Waschen gegeben. Ich wies Annabell an, ein Nachtlager im Wintergarten einzurichten.

Ich lag auf der für mich vorgesehenen Matratze und beobachtete die Wolken, die gerade begannen sich zu lichten um für die Sterne die Bühne frei zu machen. Annabell kam mit Riley herein und wünschte uns eine angenehme Nacht. Wir starrten beide schweigend Löcher in die leuchtenden Punkte. Obwohl niemand etwas sagte, war es schön und ich genoss einfach ihre Gesellschaft. „Danke", flüsterte Riley irgendwann und zur Antwort lächelte ich. „Danke", flüsterte ich zurück, doch sie schlief bereits.

Kapitel 5

Manchmal habe ich das Gefühl ich träume, aber dann sah ich, dass das Mädchen, dass ich als einziges lieben könnte, nicht mehr neben mir lag und ich wusste, dass es nicht so ist.

Es war neun Uhr morgens und ich frühstückte. Danach malte ich ein weiteres Bild auf eine weiße Leinwand. Und übermalte das Nichts, von dem ich immer noch nicht wusste, was es war. Denn dieses Mädchen hatte mein Denken auf den Kopf gestellt und doch war alles nie so klar wie jetzt, in diesem Moment.

Ich wartete auf der Parkbank. Es war früher Abend und ich fragte mich, wo sie war. Wo sie heute Morgen war. Wo sie jetzt war. Warum sie nicht hier war. Warum sie nicht bei mir war.
    Ein blondes Mädchen stand neben der Bank.
    „Was willst *du* wieder hier?" Es war die, auf die ich wartete. Doch als ich das zweite Mal hinsah war ich mir nicht mehr sicher. *War das noch die Riley?* Die, die gestern mit mir die Sterne betrachtete?
    „Ich warte", antwortete ich ihr. Sie legte den Kopf schief – eine für sie typische Geste.
    „Auf was?"
    „Auf Riley."
    Sie lächelte, doch es erreichte ihre Augen nicht. Und ich hatte die ganze Zeit nicht gelächelt. Sie ignorierte meine Bemerkung und setzte sich neben mich.
    „Wie findest du es?"
    „Was?"
    Sie kniff die Augen zusammen. „Na, meine Frisur?!", sie pflückte eine Strähne heraus und wickelte sie um ihren Finger. „Ich mochte dein Rot lieber. Natürlicher", erwiderte ich knapp und starrte auf den Weg vor uns.

Der Weg. *Wo wird mich meiner hinführen?* Und wird Riley ein Teil davon sein?

Ich sah sie an und wusste die Antwort: *Nur in meinen Träumen.* Und eine einzelne Träne lief über meine Wange. Und dann schloss ich meine Augen und versuchte zu träumen.

„Wann ist die beste Zeit um aufzuwachen?", fragte ich nachdem ich mein Inneres beruhigt hatte. Irritiert drehte sie ihren Kopf zu mir. Sie hatte mit solch einer Frage nicht gerechnet und war überrumpelt. Sie legte ihren Kopf schief und sah mir tief in die Augen. „Verdammt, was soll das?", erwiderte sie genervt, holte trotzdem nochmal Luft und setzte erneut an. Ich musste bei ihrem Fluch lächeln; sie konnte es nicht lassen. „In genau diesem Moment", ich hob eine Augenbraue und zwirbelte eine meiner kurzen dunklen Haarsträhnen zusammen. Sie fuhr fort: „Wenn man nicht weiß, wann, dann jetzt." Ich ließ von der Strähne ab und sah auf den Boden.

„Der Moment ist die einzige Realität", murmelte sie eher zu sich selbst und ich wusste nicht, ob ich darauf eingehen sollte. „Dann sind Träume doch auch real", es war Frage und Feststellung zugleich und ich wollte, dass es stimmte. „Vielleicht, ja", kam es gedämpft aus ihrem Mund und sie hob ihren Blick in Richtung Sonnenuntergang.

„Was ist dein Ziel?", fragte ich die blonde Riley. „Das ist ein Geheimnis. Und deines?"

„Ich habe keins."

„Das ist traurig", meinte sie. Dann wandte sie sich zu mir: „Wofür lebst du dann?" Es war eine ernst gemeinte Frage. Und irgendwie tat sie weh.

„Vielleicht lebe ich für dich?"

Sie schüttelte den Kopf. „Wir leben alle für uns. Ich bin nur ein Teil von deinem Leben."

„Bin ich denn auch ein Teil von deinem?", mein Herz schlug schnell, doch ich wagte nicht sie anzusehen, aus Angst vor ihrer Antwort.

„Ja", hauchte sie kaum hörbar und aus dem Augenwinkel beobachtete ich etwas glänzendes Kleines auf ihr Knie fallen und ich hatte ein Bild vor Augen, in dem die alte Riley der blonden Platz machte und ich wusste, dass mein Kapitel in ihrem Buch bereits beendet war.

„Liebst du jemanden?", wollte sie wissen.
„Nein", ich hatte keine Ahnung, ob ich sie anlog oder nicht. Sie schien allerdings nichts von meiner Unsicherheit zu spüren.
„Warum nicht?"
„Weil es zu gefährlich ist. Man macht sich verletzlich, wenn man es tut. Menschen verletzen sich gegenseitig. Sie können nicht anders."
„Mh. Ich liebe meine Familie."
„Du hast eine?" Überrascht zog ich die Brauen hoch.
„Ja. Meine Mutter und zwei Geschwister", sie lächelte versonnen und schien abwesend.
„Warum bist du nicht bei ihnen?"
„Das geht noch nicht. Ich muss erst mein Ziel erreichen."
„Aha", machte ich. Dann sagten wir nichts mehr.
„Ich gehe jetzt." Sie nickte. „Morgen komme ich wieder."
Sie schüttelte den Kopf. „Morgen werde ich nicht hier sein."
„Wo bist du?"
„Wo anders."
Ich nickte. Sie wünschte mir eine gute Nacht und ich ging.

Am nächsten Tag war sie tatsächlich nicht da.
Nachdem ich ein weiteres Gemälde angefangen hatte, verließ ich mein Zimmer – oder vielmehr Atelier – und machte mich auf den Weg zu unserem gewohnten Treffpunkt. Als ich da so saß, allein, dachte ich über Riley nach – worüber auch sonst? Im Grunde wusste ich nichts über sie. Ich wusste nicht, was sie begeisterte, was sie traurig machte oder was sie gerade tat.
Wo sie war. Und warum. Warum sie ihre Haare gefärbt hatte; warum sie sich so bemühte ausgelassen zu wirken, obwohl sie eine lauernde Beklommenheit umgab und warum ich sie so mochte und warum sie mit mir redete. Warum. Ein unscheinbares, aber mächtiges Wort. Die Frage, auf die man die Antwort

bekommt, die alles erklärt. Warum ist der Himmel blau? Warum ist die Erde rund?
Warum ist *sie* nicht da?
Warum bin *ich* noch hier?
Ich stand auf. Plötzlich und abrupt und mit zu viel Schwung als nötig. Aber es gab ein Warum. *Weil ich sie finden muss.*
Ich will träumen!
Das ist mir wie eine Binde von den Augen gefallen. Mein Herzschlag erhöhte sich und ich rannte zu meinem Domizil.

Angekommen überlegte ich. Wäre sie in der Stadt, hätte sie es mir gesagt. Oder vielleicht auch nicht. Es nervte mich, so wenig über sie zu wissen. Nein, sie musste dort sein, wo niemand ist. Jedenfalls machte das für mich in dieser unübersichtlichen Lage Sinn – soweit es Sinn machen konnte.
Auf einmal stieg ein beängstigender Gedanke in mir auf. *Was, wenn ich sie nie wieder sehe? Wenn gestern das letzte Mal war, dass ich sie sah? Wenn sie nicht mehr zurückkommt?* Nächstes Jahr ist mein letztes Jahr auf dieser Schule. Danach würde ich aufs College gehen. Danach wäre ich auch weg. Und … wenn sie dann wieder kommt? Und ich nicht mehr da bin? Dann ist sie alleine. „Okay, beruhige dich", mahnte ich mich selbst. Ich durfte jetzt nicht die Fassung verlieren. Ich musste sie finden. Ich hatte Angst. Und vielleicht, aber nur vielleicht – soweit mein Ego sich das eingestehen konnte – hatte ich keine Angst vor dem Nichts, sondern davor, dass am Schluss nur dieses übrig bleiben könnte.
Ich hatte schlichtweg Angst alles zu verlieren. Und im Moment war dieses Alles nun mal Riley.
Ich suchte im Internet nach kleinen umliegenden Dörfern. Weit konnte sie nicht sein. Also holte ich mein Fahrrad und klapperte eins nach dem anderen ab. Die Menschen, die mich bemerkten, mussten denken, ich hätte psychische Störungen, weil ich wie ein verrücktes Tier in die Pedale trat und ihren Namen durch die Straßen schrie. Zum Glück kannten mich nicht viele Leute und zum Glück hielt ich nicht viel von unserer Spezies.

Ich war schon den ganzen Tag unterwegs, aber keine Spur von ihr. Was nicht verwunderlich war, die Chance sie zu finden war von vornherein klar, ich hatte nur auf ein Wunder des Universums gehofft, schätzte ich. Vielleicht war sie doch in der Stadt. Es könnte sein, dass sie es mir einfach nicht erzählen wollte. Warum sollte sie mir überhaupt etwas erzählen? Wir waren Fremde füreinander, aber irgendwie auch nicht. Ich glaube wir sind die Einzigen, die den jeweils anderen wirklich kennen. Und die einzige Person, die mich wirklich kannte, war ohne ein Wort weggelaufen. Na toll. Ich bin ein verdammter Bastard.

Ich fuhr aus dem Kaff, in dem ich war, raus und zurück in die Stadt. Mein Weg führte über den Radweg, der über unseren Stammplatz verlief. Ich machte eine Pause und ließ mich auf das alte Holz fallen. Die Parkbank knarzte gefährlich unter meinem Gewicht. Wenn sie nicht wiederkam, war es jetzt auch egal. Ich würde normal weiter leben, als wäre nichts gewesen. Wie immer. Auf einmal war ich sauer auf mich selbst. *Wie konnte ich sie nur so nah an mich heranlassen? Wie konnte ich jeden Tag wieder hierher kommen?* Ich schüttelte den Kopf. Ich musste sie vergessen. Endgültig. Wie konnte ich mir auch nur für eine Sekunde etwas anderes einbilden? Es war eine einfache Begegnung, mit ein paar mehr oder weniger tiefgründigen Gesprächen. Mehr nicht. Und nun war es eben vorbei. Basta. Aus. Schluss.

Ich zog meine Knie an und bettete meinen Kopf auf ihnen. Ich musste loslassen. Zurück gehen in meine Einsamkeit, die aus Angst entstanden war und jetzt mein Leben bestimmte. Doch die Angst, die ich fühlen würde, wenn ich mich jetzt noch mehr an Riley band, wäre noch schlimmer gewesen.

Meine Augen wurden feucht, weil ich spürte, dass ich das alles nicht mehr wollte. Ich wollte nicht mehr alleine sein. Ich wollte nicht mehr in diesem leeren Nichts herumirren. Ich wollte alles übermalen mit kräftigen Farben. Mit Rot. Ich schluchzte auf und mein Gesicht wurde nass von den Tränen, die ich heulte. Ich heulte wie ein dummes Kind und mein Hass auf mich selbst rollte wie eine Achterbahn über mich und in mich hinein.

Ich bin ein Versager. Ein einsamer Versager.

Kapitel 6

Manchmal habe ich das Gefühl ich träume, aber dann fühlte ich die harten Bretter der Parkbank unter mir und die tiefe Sehnsucht nach etwas, das ich nicht bekommen konnte und ich wusste, dass es nicht so ist.

Am Himmel waren dunkle Wolken, die wie eine schwere Last das strahlende Blau verdeckten. Das Bild erinnerte mich ein wenig an Riley – an was sonst? Sie war unglaublich und schön, versteckte sich jedoch hinter Wolken, hinter die sie keinen blicken ließ. Nur für mich ließ sie einen Fleck von ihrer Schönheit offen, damit ich wie durch ein Schlüsselloch hindurch spähen konnte. Genau das war es, was wir voneinander wussten: Ein Ausschnitt eines Raumes, erspäht durch ein Schlüsselloch; das Einzige, was uns trennte: eine verschlossene Tür, von der beide den Schlüssel hatten, aber niemand den Mut, den anderen hineinzulassen.

Die Wolken schwebten grau über mir und sie wirkten so schwer und voll, dass ich glaubte, sie würden jeden Moment herabstürzen und mich unter sich begraben. Die Titelseite der nächsten Ausgabe der Tageszeitung, die ich manchmal las, weil ich ein seltsamer Junge ohne soziale Kontakte und Leben war, sah ich schon vor mir: *„Junge unter Wolkendecke erstickt."* Ich schüttelte den Kopf. Was malte ich mir wieder für einen Blödsinn aus? Du bist deprimiert, Lucas. Lucas Edinburgh. Herr Gott, klang das hochnäsig. Riley hatte Recht. Bastard zu heißen war dagegen ein Geschenk.

Lucas kommt aus dem Lateinischen und Griechischen. Im Griechischen leitet sich der Name vom Wort „leucos" ab, was „hell" oder „weiß" bedeutet. Mein Großvater war Grieche. Meine Mutter hatte mir die Bedeutung eingeschärft – oder besser gesagt Annabell hat sie mir im Auftrag meiner Mutter eingeschärft. Meine Mutter hatte keine Zeit, sich mit ihrem Sohn zu beschäftigen. Annabell hatte immer gesagt: „Irgendwann wirst du hell leuchten! Dein Name hat das vorausgesagt." Ich verstand das ganze Drama um den Namen nie. Meine Mutter hatte sogar darauf bestanden, meine Geburtsurkunde eingerahmt an die Wand meines Zimmers zu hängen. Direkt gegenüber der Tür. Nur weil mein Name darauf stand. Mein Name. Vielleicht war er mir doch wichtig. Aber nicht Lucas Edinburgh, sondern der, den sie mir gab.

Mein Name für dich. Nicht mehr und nicht weniger.

Ich hatte nicht bemerkt, dass es bereits der nächste Tag war und ich die Nacht auf der Bank verbracht hatte. Ich hatte nicht einmal mitbekommen geschlafen zu haben. Ich träumte nie. Ich wusste nicht wieso. In Träumen, so stellte ich es mir vor, war immer alles schön. Vielleicht träumte ich deswegen nie. Mein Kopf konnte sich einfach nicht vorstellen wie es ist, wenn alles schön wäre. Ich sah nochmal hoch zu den gigantischen Wolken und verlor mich in ihrem schwerfälligen Tanz. Ohne Vorwarnung begann ein Platzregen und ich war von einer auf die andere Sekunde durchnässt.

Mein dunkles Haar klebte auf meiner Stirn und die längsten Spitzen hingen an meinen Wimpern. Ich blinzelte in den nun völlig düsteren Himmel und malte mir aus, dass er nur für mich an diesem schwarzen Tag so düster war. *Im Leben gibt es eben auch mal Regentage,* dachte ich, während ich weiterhin nach oben blickte. Ich fühlte mich so klein und die Regentropfen fielen so weit herab. Sie mussten einen beschwerlichen Weg hinter sich haben bis sie ankamen und in der Erde versickerten. Versickern in Dreck und Schmutz. Also, *warum* nehmen sie solch einen langen Weg auf sich, nur um ihre perfekte Form, ihr Dasein als Tropfen, zu opfern, und nie wieder als genau der gleiche Tropfen zurückkehren zu können?

Ich verstand die Tropfen nicht, aber ich verstand vieles nicht. So wie Sokrates sagte, er wisse, dass er nicht weiß, verstand ich, dass ich nicht verstand.

Ich nahm mein Rad und schob es – und mich – schwerfällig zum Haus meiner (nie anwesenden) Eltern. Ich kam mir selbst schon vor wie eine dieser hässlichen und doch so faszinierenden Wolken. Ich schmiss das Mountainbike auf den manikürten Rasen sobald ich durch das Tor geschlüpft war. Mit hängendem Kopf stieß ich die monströse Eingangstür auf und ließ sie mit einem lauten Krachen zufallen. Annabell stürmte mit einem weißen Handtuch auf mich zu und redete verärgert und zugleich erleichtert auf mich ein. Ich hörte nur mit halbem Ohr zu während ich durch den Empfangssaal weiter in die riesige Lobby schlenderte. Dicht gefolgt von Annabell, die mir aufgeregt mit dem Handtuch hinterher dackelte um weiter meine nassen Haare abzutrocknen. „ … Passen Sie bitte auf den Teppich auf! … Keine Versicherung … Vater wird sauer sein, wenn … Apropos: Mutter … Krankenhaus …". Ich drehte mich abrupt um und Annabell läuft weiter redend mit dem Handtuch voraus in mich hinein. „Meine Mutter ist im Krankenhaus??", ich konnte meine aufsteigende Panik nicht unterdrücken. Annabell starrte mich an als würde ich sie gerade wegen Mordes anklagen. „Antworte!", vielleicht kam mein Ton in diesem Moment dem ziemlich nahe. Sie quiekte auf und breitete das Handtuch vor ihrem Gesicht aus, sodass ich ihr nicht mehr in die Augen sehen konnte. Impulsiv riss ich es ihr aus der Hand und packte sie an der Schulter. Ich schüttelte sie etwas zu heftig und ihr Kopf pendelte vor und zurück. „Was ist mit ihr, Annabell?" Sie kniff die Augen zusammen. „Die Madame ist in der Intensivstation wegen eines Autounfalls. Der Hausherr hat vorhin angerufen um uns davon zu berichten", sprudelte sie hervor. Ich lockerte meinen Griff um sie und ließ schließlich los. Ich fühlte mich plötzlich schlaff und ausgelaugt. Intensivstation. Autounfall. Das war eigentlich das Einzige, das bei mir hängen geblieben war. Na toll. Würde die Trulle am Ende noch sterben? Ich bekam Angst. Und mir wurde schlecht. Aber warum nur? Sie bedeutete mir nicht viel. Sie war nie da, sie ist quasi eine Fremde für mich. Und das war der ausschlaggebende Punkt: Ich hatte bis jetzt immer die Hoffnung haben können, dass wir uns eines Tages, wenn ich älter bin, doch noch kennenlernen würden. Dass wir doch noch zueinander fänden. Dass sie mich wirklich lieben könnte. Dass sie eine Mutter sein könnte. Aber wenn sie jetzt sterben sollte, war auch nur die Möglichkeit, dass das passieren würde, futsch. Einfach weg, wie ein Blatt Papier, das vom Wind mitgerissen wird. Genauso ging diese Hoffnung verloren. Mein Herz wurde ein Stück schwerer als sowieso schon. Erst Riley und jetzt die Fremde, die meine Mutter war.

Heute ist also eine Person aus meinem Leben gegangen, die ich angefangen habe zu lieben, und eine Person, von der ich mir gewünscht hatte, dass wir uns eines Tages liebten.

„Es steht noch alles in den Sternen, wie es ausgeht!", plapperte Annabell beruhigend auf mich ein. Ich sah zu ihr hinunter. Sie war unglaublich klein. Ihre braunen Haare standen wirr ab und ihre altmodische Arbeitskleidung saß schief. Sogar die schwarzen Kniestrümpfe hatten Laufmaschen und eine war höher gezogen als die andere. Sie musste viel zu tun gehabt und sich große Sorgen gemacht haben. Ich legte meine Hand auf ihren Kopf und streichelte ihn.

„Machen Sie sich keine Sorgen. Es wird alles gut." Sie presste die Lippen aufeinander und Tränen stiegen in ihr hoch. Dann nickte sie knapp, wischte mit dem Ärmel tapfer über die feuchten Augen und verließ mit festen Schritten den Raum. Ich verließ ihn ebenfalls und stieg die marmornen Treppen hinauf in den zweiten Stock. Ich stieß die Tür meines Zimmers/Ateliers auf und stockte mitten in der Bewegung. Mein Vater stand im Raum.

Es dauerte einige ewige Sekunden bis ich realisierte, wer dieser Mann war. Ich ging einen Schritt zurück, drehte mich um und setzte zum Gehen an, kam aber nicht weit, weil er mir hinterher eilte und mich grob am Ellenbogen packte. Wir sahen uns feindselig in die Augen. Er in die meinen, ich in die seinen.

Sie waren sehr dunkel und ich konnte sie noch nie leiden – auch wenn ich sie fast nie erblicken musste – glücklicherweise. Es war, als würde man in einen tiefen Abgrund fallen und die strenge Nase, die darunter lag, gab einem das Gefühl dort nie wieder heraus zu kommen.

„Deine Mutter wird sterben, Junge. Jetzt sind nur wir zwei übrig." Ich bekam eine Gänsehaut. Wie konnte er das so einfach sagen? Noch lebte sie!

„Ich will, dass du ihre Geschäfte übernimmst. Sofort, du wirst in eine andere Schule versetzt, an der du das Unternehmen leiten und weiter lernen kannst. In ein paar Wochen sind die Ferien um, bis dahin wirst du dich im neuen Haus einleben. Es steht näher an der Firma und der Schule. Der Unterricht wird allerdings unverzüglich fortgesetzt, damit du den nötigen Anschluss findest."

Ich konnte ihm nicht ganz folgen. Mutter würde vielleicht bald sterben, er kümmerte sich nicht darum, es war ihm gleichgültig!

„Komm schon. Deine Sachen werden nachgeschickt, das Taxi wartet", er eilte an mir vorbei den Flur runter.

Ich war überrumpelt. Er meinte es wahrhaftig ernst. Er wollte jetzt sofort mit mir aufbrechen. Er interessierte sich nicht mehr für Mutter. Sie war gerade nicht in der Lage Leistung zu bringen, also war sie ihm egal. Ich war schockiert. Er hatte sie nie geliebt. Er maß ihren Wert allein daran, wie viel sie leisten konnte. Alles andere war irrelevant für ihn.

Ganz in der Rolle des Geschäftsmannes. Und genau das war sein Problem, er lebte diese Rolle in jedem Moment.

In jeder einzelnen Sekunde seines Lebens. Er drehte sich zu mir um als er merkte, dass ich ihm nicht folgte. Erwartungsvoll zog er die Augenbrauen hoch.

„Was genau ist passiert?", meine Stimme war heiser.

„Stell keine Fragen sondern komm endlich, Sohn." Sein Ton war drängend und ich machte automatisch einen Schritt zurück. Ich wollte nicht in der Nähe dieses Mannes sein. Er strahlte etwas durch und durch Verdorbenes aus.

„Nun komm schon. Annabell kümmert sich um alles. Wir müssen jetzt los, mein Sohn." *Mein Sohn.* Ich lachte bitter auf und konnte nicht mehr aufhören. *Mein Sohn nennt er mich!* Mein Lachen wurde heftiger und ich stützte mich mit einer Hand auf mein rechtes Knie, mit der anderen hielt ich mir den Bauch. Der Teppichboden unter mir wurde feucht von den Tropfen, die noch vom Regen an mir hafteten. Der Firmenleiter funkelte mich wütend an, aber ich spürte seine Verwirrung. „Warum lachst du?", herrschte er mich an. Ich konnte nicht sofort antworten. Ich konnte einfach nicht aufhören zu lachen, bis es in unkontrolliertes Husten überging und ich mich schwer atmend räusperte.

„Ich bin nicht dein Sohn. Deswegen lache ich. Du bist nicht mein Vater."

Der Schock in seinem Gesicht war unverkennbar. Ich war überrascht diese Regung zu sehen, ich glaubte immer, er besäße keine Gefühle.

Wer weiß schon, wie wir wirklich sind, wenn wir uns nach außen hin anders geben?

Er überspielte seine Gefühle mit Wut. „Du kommst jetzt mit mir mit", er deutete mit dem Finger energisch auf mich und dann auf sich, „und steigst mit mir in dieses Taxi!"

„Nein", erwiderte ich ungerührt. Ich atmete tief ein und straffte die Schultern. „Ich gehe nicht mit dir mit und ich möchte nicht diese Firma leiten."

Er runzelte die Stirn. „Ich biete dir ein Leben voll Reichtum, Wohlstand und einer Führungsposition und du? Du lehnst ab?", er starrte mich verständnislos an.

„Das ist nicht dein Ernst. Ha!", jetzt lachte er. Hässlich, und ich hätte mir am liebsten die Ohren zugehalten.

„Doch, das ist es", bestätigte ich in möglichst ruhigem Ton.

„Tja, du hast aber keine Wahl, Lucas Edinburgh!"

„Doch, die habe ich!"

„Ich verstehe dich nicht. Was hält dich denn hier? Nichts!"

Ich zuckte zusammen und begann zu schwanken. Da war es wieder. Das Nichts. Ich starrte ihn an. Dann auf den Boden, der sich durch das Wasser unter mir dunkel verfärbt hatte.

Er hatte Recht. Ich wollte etwas dagegenhalten, öffnete den Mund und schloss ihn sogleich. Er hatte Recht. Und das trieb mich an den Rand der Verzweiflung. Wie konnte er nur Recht haben? Er hatte Recht! Wie konnte er diese Karte ausspielen? Ich schluckte einen Kloß hinunter. „Und was soll ich dort?", nuschelte ich schwach. Innerlich hatte ich bereits aufgegeben. Er hatte es geschafft, er hatte seinen Willen durchgesetzt. Er hatte mich gebrochen.

„Natürlich aufsteigen! Ein großer Mann werden und deiner Familie Ehre machen!"

Welche Familie? Es gab keine; war das Einzige, was ich denken konnte. Es gab nie eine, wir waren nie eine gewesen.

Wir standen einige Sekunden so da und musterten unser Gegenüber. Ich wusste nicht, was ich tun sollte. Riley war weg und ich wusste nicht, ob sie wieder käme. Der Fremde hat Mutter bereits aufgegeben und mich … mich nimmt er nur jetzt wahr; jetzt wo er jemanden braucht, der etwas vorzeigen kann. Dass ich sein Sohn war, war dabei nur ein dummer Zufall. Er würde genauso gut einen Penner in das Taxi setzen, solange dieser die erwarteten Ansprüche erfüllte.

Doch er nahm mich wahr. Zum ersten Mal in meinem Leben. Und er hatte schließlich Recht: mich hielt hier nichts. Rein gar nichts. Ich holte tief Luft. Ich würde zustimmen.

„Ich …"

„Aahhhhhhh!"

Annabell schrie. Bevor wir reagieren konnten stand sie schon vor uns. Sie hielt das Telefon mit der rechten Hand umklammert. Sie wimmerte und Rotze lief aus ihrer Nase und breitete sich zusammen mit salzigen Tränen auf ihrem Gesicht aus.

„Die Madame …", sie schluchzte laut, stockte und sank zu Boden. Sie landete auf ihren Knien und verfiel in eine gebetsähnliche Stellung. Sie wimmerte immer lauter. Ich wusste, was das bedeutete. Ich wollte es nur nicht wahrhaben. Ich lief auf sie zu, ging neben ihr in die Hocke und behauptete, alles sei gut. Annabell hatte das immer zu mir gesagt als ich früher von meinen Klassenkameraden ausgeschlossen wurde. Ich erhob mich langsam wieder. Sie war in diesem Zustand taub für alles und jeden. Ich schaute von ihr zu dem Mann, der vor mir stand und ungerührt auf seine Armbanduhr blickte.

„Wir müssen nun wirklich los." Er rückte seinen Anzug zurecht und lief mit eiligen Schritten an Annabell vorbei und die

Treppen hinunter. Nicht eines einzigen Blickes würdigte er sie. Ich folgte ihm – zögernd, und blickte zu Annabell zurück.

Und bereute es mein ganzes Leben lang.

Ich hätte einfach bei Annabell bleiben sollen. Sie trösten und meinen eigenen Weg finden. Ich hätte diesem Mann nicht folgen sollen, aus der Hoffnung heraus, ich könnte bei ihm Anerkennung, Respekt und Zuneigung finden. Aber ich war schwach und verstand nichts. Da, schon wieder! Dieses Nichts. Dieses verfluchte Nichts. Es verfolgte mich, ließ mich nicht in Frieden und ich fühlte mich elendig und so schwach.

Ich konnte nichts tun – rein gar nichts.

Kapitel 7

Manchmal habe ich das Gefühl ich träume, und als ich mich in den braunen Ledersitzen des Taxis sitzen sah, hinaus starrte in den Regen, der unablässig gegen die Scheiben schlug, so als würde er mich warnen wollen, wusste ich, dass es nicht so ist.

Das neue Haus war eine fast identische Nachbildung des alten. Es kam mir so absurd vor, die gleichen marmornen Treppen hochzusteigen wie in der alten Villa. Die Schule sah noch moderner, noch langweiliger aus als meine alte Privatschule und Mr. Edinburgh erklärte mir, dass mein Einzelunterricht morgen beginnen würde, er jetzt aber los müsse. Wie immer war er rund um die Uhr beschäftigt und es grauste mir bei dem Gedanken, irgendwann genauso zu werden wie er. *Genauso!* Doch gerade wollte ihm das nicht bewusst werden. Ihm erschien es gerade nicht einmal wirklich, dass seine Mutter vor knapp einer Stunde gestorben war.

Er lief in die Küche, stellte aber fest, keinen Appetit zu haben und er lief nach oben in sein neues Zimmer. Es war komplett leer – bis auf ein großes Himmelbett im angrenzenden Zimmer und seiner Geburtsurkunde, die ihm gegenüber an der Wand hing als er es betrat. Gekonnt ignorierte er dieses verstörende Faktum und schmiss sich auf die fein gebügelten Laken und verfiel in einen unruhigen Dämmerschlaf.

Ich träumte nicht. Das war mir klar, aber ... ich hatte gehofft, Riley wenigstens im Traum sehen zu können. Wenigstens ein letztes Mal. Ich öffnete meine Augen und starrte auf den weißen Stoff des Himmelbetts. Langsam richtete ich mich auf. Jemand hatte eine der Decken über mich gelegt und das Zimmer war nun vollausgestattet mit allem aus meinem alten Haus. Alle

Möbel waren da, so als ob ich nie wo anders gewesen wäre. Was hält dich denn hier? Seine Stimme hallte in mir nach. Und die Leere breitete sich unausweichlich aus. Mein Herz schmerzte. Viel schlimmer als damals, als dieses Mädchen, das nach Melonen schmeckte, sich von mir trennte. Der Schmerz hierzu war tausendmal schlimmer. Ich wusste nicht einmal mehr ihren Namen. Aber Riley, Riley würde ich einfach nicht vergessen können. Sie war einfach in mein Herz geschlichen, ohne dass ich es anfangs bemerkt hatte. Ja, ich liebte sie wahrhaftig. Und doch fühlte es sich so an als dürfte ich das eigentlich nicht, als dürfte ich niemandem erzählen, dass sie existierte.

Ein unbarmherziges, stechendes Gefühl befiel mich plötzlich. Ich hätte schreien können, doch es hätte den Schmerz nicht gelindert.

Das Einzige, was mir Linderung verschaffte, war das Bemalen einer weiteren Leinwand. In meinem Leben hatte ich schon tausende bemalt, doch keine war wie die andere und keine so wie diese. Diese war die erste, auf der ich etwas anderes als Leere ausdrückte. Diese zeigte meine Sehnsucht und meinen Schmerz. Und ich benannte sie danach.

Ich nannte dieses Bild „*Desiderium*".

Kapitel 8

Manchmal habe ich das Gefühl ich träume, aber dann beobachtete ich mich selbst, wie ich in einem Teufelskreis, den ich als mein Leben bezeichnete, herumirrte; ohne Perspektive, ohne Sinn, und ich wusste, dass es nicht so ist.

„He, Bastard! Gib ab! Na komm schon, ich steh frei!" „Haha, keine Chance, Nate. Das Tor gehört mir!" Die Sonne stand im Zenit und die Schule war seit einer halben Stunde für heute beendet. Ich spürte den Schweiß auf meiner Stirn hinablaufen als ich mich geschickt an gegnerischen Spielern vorbei schlängelte und den Ball mit Leichtigkeit vor mich her trippelte. Ich hatte mir in der Washington Highschool im Fußballteam einen Namen gemacht und war Mitglied in der Mathe AG. Alles auf Anweisung meines Vaters, versteht sich. Zugegeben – ich machte mich nicht schlecht in diesen Bereichen und teilweise hatte ich tatsächlich Spaß. So wie jetzt, während des finalen Spiels gegen die St. Paulus Highschool. Und ich machte soeben das entscheidende Tor – wortwörtlich – in der letzten Sekunde. Die Menge jubelte (damit meine ich die wenigen Eltern der Spieler), mein Team – ich war nicht nur bester Spieler sondern auch Kapitän – fiel über mich her. Ich war einfach ein Genie. Bereits im ersten Jahr an dieser Schule hatte ich mir hier eine Existenz erarbeitet, die mir selbst eigentlich überhaupt nichts bedeutete. Vielleicht war ich doch kein Genie (Genie; abgeleitet aus dem Lateinischen: Ingenium, das Begabung bzw. schöpferische Geisteskraft bedeutet. Somit bin ich, leider Gottes, doch keines, da ich eher einen willenlosen Taugenichts verkörpere.). Umso mehr bedeutete es meinem Vater, der ständig darauf bedacht war, dass ich eine gute Position beibehielt, einer der Jahrgangsbesten war und einer, der gesellschaftlich an der Spitze des Schullebens stand. Alles für meine schillernde Zukunft, wie er sagt. Für mich war all das, mein derzeitiges „Leben", ein einziges Spiel. Ein Fußballspiel, das ich einfach nur gewinnen musste. (Dabei mochte ich Fußball nicht einmal.) Nicht mehr, nicht weniger. Auch nach ganzen zwei Jahren auf dieser Schule wurde es nie mehr. Und es kotzte mich innerlich an. Wirklich, wäre hier auf dem Platz ein Eimer zum Reinspucken, ich hätt's getan.

Nassgeschwitzt radelte ich über den Asphalt und wich haarscharf einem Auto aus, das mir entgegenkam. Es war knapp, doch ich hatte keine Angst. Wenn einem egal ist, was aus einem einmal wird, ist einem egal, was gerade mit einem passiert. So einfach fällt nach und nach auch die Angst vor dem Tod von einem ab. Ich zügelte mein Tempo, das Tor schwang auf und ich rollte bis zur Garage vor. Dann schmiss ich mein Mountainbike auf die Pflastersteine und schlenderte auf das Haus zu. Eine Bedienstete – ich konnte mir noch nie ihren Namen merken und ich habe mich auch nie bemüht es zu versuchen – hieß mich in der Eingangshalle mit einer Verbeugung willkommen. Ich ignorierte sie wie immer, stapfte die marmornen Treppenstufen hinauf und verschwand in meinem einzigen Zufluchtsort vor diesem armseligen Leben.

Mein Zimmer war ein dreckiges Chaos, was nichts Besonderes war, meine Staffelei samt angefangener Leinwand warteten geduldig auf mich. Ich setzte mich auf den weißen Hocker und tauchte meine Pinselspitze in Ölfarbe. Vorsichtig fügte ich einen Strich nach dem anderen hinzu, malte die eine oder andere Stelle aus, kalkulierte das Spiel von Licht und Schatten auf dem Motiv und hauchte dem Abbild Leben ein. Wahres Leben, nicht wie meines. Je länger ich an meinem Werk arbeitete, desto detaillierter wurde es. Die Bilder in meinem Kopf nahmen immer deutlichere Formen an und flossen in einer fließenden Bewegung durch meinen Arm, zum Pinsel und schließlich auf seinen vorhergesehenen Platz.

Fertig.

Die Sonne ging wieder auf und die ersten Strahlen eines neuen Tages trafen auf meine grünen Augen. Ich blickte vom Fenster in die andere Seite meines Zimmers. Es stapelten sich dort über ein Dutzend bemalter Leinwände. Alle bis zur Vollkommenheit ausgefeilt. Nur konnte sie niemand betrachten, meine wunderschönen Kunstwerke, meine Wunder. Und dabei wusste ich nicht einmal, ob ich das wirklich wollte. Mein sich lohnender Inhalt lag versteckt, staubig, in der Ecke eines viel zu großen Zimmers.

„Wer sein eigenes Leben und das seiner Mitmenschen als sinnlos empfindet, der ist nicht nur unglücklich, sondern kaum lebensfähig", hatte Albert Einstein einmal gesagt. Und was soll ich sagen? Es trifft zu. Ich versinke in Selbstmitleid, wie in einem Sumpf.

Ich schob vorsichtig die Tür hinter mir zu als ich ins Freie trat, um meine morgendliche Joggingrunde anzutreten. Ich bestimmte ein Tempo und versuchte es zu halten, regelte meinen Atem.

Eine große Runde jeden Tag wurde mir von meinem Trainer verordnet. Alles wurde mir aufgezwungen, mir gesagt, mir befohlen. *Was entschied ich schon selbst?* Ein Schniefen zog mich aus meinen negativen Gedanken. Ich musste länger in mir versunken gewesen sein als ich dachte, denn ich stand wieder vor dem Tor meines Anwesens.

Das Mädchen schien so unwirklich. So zerbrechlich. Ganz anders als ich es in Erinnerung hatte. Ich konnte es nicht glauben. Tausendmal hatte ich mir vorgestellt, sie wieder zu sehen, jedes Mal anders. Doch nie so wie jetzt. Die Morgensonne schien sanft auf ihr immer noch blondes Haar, ihre Jacke – dieselbe von damals. Fast hatte ich sie vergessen. Ich wollte sie vergessen. Doch anscheinend ließ sie das nicht zu.

Ich blieb wie erstarrt.

An die Mauer gelehnt saß sie in sich zusammengesackt da. Schwarze Kleidung. Ein T-Shirt und eine Shorts. Sie hob den Kopf. Auf eine Weise, wie nur sie es zu tun pflegte und mein Herz zog sich zusammen. Immer fester, als würde es bald aufhören zu schlagen. Mir blieb die Luft weg. *Sie ist nicht hier,* trichterte ich mir ein. Das ist nicht *sie*. *Sie* kann nicht hier sein. Mein Herz setzte einen Schlag aus. Sie war immer noch da. *Nun sag schon was,* flehte ich sie in Gedanken an. Und gleichzeitig wollte ich, sie würde verschwinden. *Lass mich ersaufen in meinem Elend! Lass mich dieses tote Leben führen!* Und doch flehte ich: *Sag was! Irgendetwas!* Und als hätte sie mich gehört öffnete sie ihren Mund: „Du … Du machst Sport." Eine Feststellung – keine Frage. Jetzt schlug mein Herz wie wild. Es war ihre Stimme. Sie war rauer geworden. Etwas älter, aber immer noch die gleiche. Sie war es. Es war ihre Stimme. „Was ist los?", sie wischte sich die Tränen aus den Augen. Diesen irrealen blauen Augen und legte den Kopf schief. So wie früher. So, wie vor genau zwei Jahren. 29. Juli. Das Datum hatte sich in mein Gehirn eingebrannt. Doch diesmal kannten wir uns bereits, und sie war blond, nicht rothaarig, und sie saß auf dem Boden, weit und breit keine Bank. Schade eigentlich, ich hatte sie gemocht, das Knacken, wenn man sich auf sie setzte, als würde sie jeden Moment zusammenbrechen – sie war mir ans Herz gewachsen.

Kapitel 9

Manchmal habe ich das Gefühl ich träume, aber ich konnte jede Lichtreflektion auf dem hellen Haar des Mädchens erkennen und ihre Anwesenheit spüren bevor ich den gleichen Raum betrat, und ich wusste, dass es nicht so ist.
    Gleichzeitig war ich mir dessen nicht mehr so sicher.

Sie starrte aus dem Fenster, in dem sich ihr Gesicht spiegelte. Trotz ihrer schwarzen Kleidung strahlte sie. Mein gesamtes Zimmer schien von einer Palette an Farben erfüllt zu sein. Bevor sie die bemalten Leinwände sehen konnte zog ich den grauen Vorhang zu und trat an ihre Seite. Ich wollte es immer noch nicht fassen. Aber sie war tatsächlich wieder da. Ich konnte ihren Atem hören, sanft, ruhig und leise, wie der einer Katze. Ich konnte den Geruch der Straße vermischt mit dem Duft frisch gemähten Rasens an ihr erhaschen. Und ich spürte sie. Diese ernsthafte und doch beschwingte Ruhe in ihr, perfekt zusammengestellt mit einer vertrauten Wärme, die gleichzeitig kochende Kälte ausstrahlte. Distanziert und offen. Nah und doch so fern. Ein Körper voll mit Widersprüchen.
    Sie strich eine ihrer hellen Haarsträhnen hinters Ohr.
    Ich wollte ihr so vieles sagen. Sie anschreien, sie umarmen, nie wieder loslassen. Doch ich stand einfach nur neben ihr. Und fragte nicht, wo sie war. Wie es ihr ging. Warum sie geweint hatte. Wie sie hierher kam. Wer sie war. Und wer sie heute war. Ich fragte nicht, weil ich Angst hatte vor den Antworten. Ich wollte ihr näher kommen, aber ich hatte Angst; Angst, dass sie mir wieder durch die Finger gleiten könnte. So, wie bereits einmal.
    Sie summte eine Melodie.
    „Welches Lied ist das?", die Frage war so banal. Ich hätte mich dafür selbst ohrfeigen können, würde das nicht seltsam wirken.

„*Liebesleid.* Von *Fritz Kreisler.*" Sie lächelte versonnen aus dem Fenster. „Ich habe es, als ich jünger war, oft gespielt." „Mh", machte ich. „Ich hatte an *I want to hold your hand* von den *Beatles* gedacht." Sie sah mich irritiert an und prustete los. Riley schüttelte den Kopf: „Du bist so komisch." „Ja. Mag sein", erwiderte ich, zu glücklich um etwas dagegen zu halten.

Am heutigen Tag schmiss ich alle Angestellten aus dem Haus. Ich wollte mit Riley alleine sein. Ich zeigte ihr den Kleiderschrank für Gäste – ja, wir besaßen tatsächlich so etwas Unnötiges – damit sie sich etwas Frisches anziehen konnte. Ich wartete vor der Tür. Ich musste es mir verkneifen die Tür sofort wieder zu öffnen, weil ich Angst hatte, wenn ich sie nicht mehr sehe, wäre sie nicht mehr da und nie da gewesen. Dann hätte ich nur geträumt, so wie ich es so oft versucht hatte. So oft!

Als sie hinaustrat glaubte ich, einen Engel zu sehen. Sie hatte sich ein weißes, luftiges Kleid angezogen, das ihr bis über die Knie reichte.

Der restliche Tag verlief wie ein Traum. Er war perfekt, so perfekt, dass es einem schon fast gruselig werden konnte. Aber an so etwas dachte ich nicht.

Das Mädchen hauchte seit langem wieder Leben in das Haus und in mich, nachdem es so lange still war. Totenstill.

Sie nahm die Fernbedienung der Musikanlage und drehte sie voll auf. Sie ließ *Feeling Good* von *Nina Simone* in Dauerschleife spielen und tanzte dazu durch die Gänge. Nach langem Zögern stieg ich in ihre Welt der ausgelassenen Tänzer ein. Wir tanzten bis in den Nachmittag hinein, erschufen unsere eigene Welt, die nur uns beiden vergönnt war. Eine Welt, die nur wir zwei betreten konnten, weil wir die Einzigen waren, die einen Schlüssel hatten. Aber die Tür ließen wir nur einen Spalt offen; wir konnten uns nur zum Teil sehen.

Verspielt lief sie die Marmortreppe entlang, warf ihre abgetragenen Schuhe weg; sie hatte tatsächlich welche, alte Sandalen; rann auf das langgezogene „Good" wieder hoch zu mir und zog mich mit zum Geländer. Wie ein Kind sprang sie seitlich darauf und rutschte mit ausgestreckten Armen herunter. Ich tat es ihr gleich und wäre beinahe hinuntergefallen. Jedoch machte es solch einen Spaß, dass ich mich von der Musik einfach weiter treiben ließ.

Rileys Magen knurrte mitten im Lied wie ein wildes Tier. Sie lachte und hielt sich den Bauch.

„Scheiße, ist das peinlich", lachte sie. Ich führte sie in die Küche, sie wechselte das Lied zu *Beggin* von *Madcon* und dirigierte mir, was wir alles für ein leckeres Abendessen brauchen würden. Ich holte ihr die Zutaten und sie fing an, immer noch tanzend, alles klein zu schnippeln, am Herd zu hantieren und ausgelassen mitzusingen. Ich beobachtete sie genau, während ich ihr gegenüber auf dem Barhocker Platz nahm. Ich prägte mir jede Kleinigkeit ein. Jedes ach so unwichtige Detail. Rein gar nichts sollte mir entgehen. „Fertig!", rief sie stolz nach einer guten Stunde.

„Na los, du fauler Sack, hol mir Teller und lass uns endlich essen!" Wie zu einem Schlachtruf hob sie den Arm und ballte eine Faust, fest entschlossen sich satt zu fressen. Ich tat wie geheißen und wir setzten uns auf die Terrasse und betrachteten den Sonnenuntergang, während wir – wie sie es nannte – die „Fitz- Spezialität" verspeisten, die eigentlich ein ganz normales Ratatouille darstellte. Ich genoss es mit ihr zu essen, anschließend einen Tee auf britische Art zu trinken und dabei der stetig sinkenden Sonne zuzusehen. Nachdem ich den Abwasch gemacht hatte, weil sie sich unter Flüchen geweigert hatte, ihr Chaos selbst zu beseitigen, da sie immerhin schon gekocht hatte, überredete ich sie zu einem nächtlichen Spaziergang unter dem Sternenhimmel.

Unter ungezwungenem Schweigen gingen wir nebeneinander den Radweg entlang, an weiten Wiesen und Maisfeldern vorbei. Niemand traute sich, über die vergangenen zwei Jahre zu reden; die Zeit, in der wir getrennt waren. Die Wiesen erinnerten mich an unseren früheren Stammplatz an der Bank. Eine Wiese war direkt gegenüber gelegen, hinter dem Pfad. Mir kam der Baum mit der borstigen, starken Rinde in den Sinn, der links von der

Bank wuchs und ich fragte mich, welche Art es wohl war. Ich konnte mich beim besten Willen nicht mehr daran erinnern und mit einem Blick auf Riley fragte ich mich, ob sie es wohl noch wusste. Ich hatte ihm nie genügend Aufmerksamkeit geschenkt, aber vielleicht erinnerte sie sich noch.

Ihr Profil weckte in mir die Neugierde auf all meine verdrängten Fragen. Nicht die banalen, sondern die, die mich im Hinterkopf schon den ganzen Tag beschäftigten. Wo sie war, wie sie mich gefunden hatte und warum sie wieder da war. Und vor allem: Wer sie nun wirklich war.

Ich nahm also meinen Mut zusammen und holte Luft: „Was … Warum … Also … weißt du noch, welcher Baum das war, der an der Parkbank damals?" Ich hätte mich für meine Feigheit heute ein zweites Mal ohrfeigen können, doch auch wenn es dunkel war, hätte Riley es immer noch sehen können und es wäre doch zu seltsam gewesen. Also begnügte ich mich mit dem reinen Gedanken daran und verfocht innerlich mit mir selbst einen rasanten Kampf. Einen, wie er auf der Straße von krassen Typen ausgetragen wurde. *Krasse Typen? Oh Mann, dieses Mädchen hatte einen schlechten Einfluss auf meine Sprache, eindeutig.*

„Ein Kirschbaum", kam es plötzlich von der Seite und sie beobachtete mich im Augenwinkel. Bevor ich etwas sagen konnte fuhr sie fort: „Morgen Abend."

„Was?" Ich war irritiert. Was war mit morgen Abend? Wie kam sie von Kirschen – pardon, Kirschbaum – zu morgen Abend? Aber in meinem Bauch regte sich ein wärmendes Gefühl als mir bewusst wurde, dass sie morgen somit wahrscheinlich immer noch bei mir sein würde. Hoffentlich. „Da werde ich es dir erzählen." Mein Gehirn ratterte als ich angestrengt den Sinn hinter ihren Worten zu erfassen versuchte und sie mich weiter verstohlen beobachtete.

„Warum ich hier bin", fügte sie hinzu, da sie anscheinend mein Kopfzerbrechen bemerkt hatte. „Gut", nickte ich und spürte ein sanftes Lächeln von ihr ausgehend. „Du bist noch größer geworden", stellte sie fest, „und merkwürdiger", flüsterte sie hinterher. Ich gab ihr einen leichten Stoß in die Seite. „Und du noch frecher."

Meine Mutter hatte mir immer gesagt – und damit meine ich selbstredend Annabell, die es mir ausrichtete – dass man Mädchen mit Respekt behandelte und sich um sie kümmerte so gut man nun mal konnte. Ich zog kurzerhand meine Marken-Lederjacke aus und legte sie der gefärbten Blondine um die Schultern. Erschrocken blieb sie mitten im Gehen stehen und starrte mich an, als hätte ich sie, wie ein Hund es mit Laternenpfählen machte, markiert.

„Dir ist kalt", erwiderte ich nur als Erklärung und sie zog eine beleidigte Schnute, weil sie es nicht vor mir verbergen konnte. Ich grinste und lief voraus. Sie konnte also auch ganz niedlich sein und war trotz ihrer schroffen Seiten eben immer noch ein ganz normales Mädchen. Erheitert grinste ich breiter, drehte mich zu ihr um, bewegte sie zur Eile, es war schon spät. Ich zog sie an der Hand mit. Sie trottete beleidigt wie ein kleines Kind hinter mir her und ließ sich widerstrebend mitziehen. In mein Haus; in meine Welt; in mein Leben.

Kapitel 10

Manchmal habe ich das Gefühl ich träume, aber während wir nebeneinander auf dem feuchten Gras lagen und die strahlenden Punkte im Himmel betrachteten und ich sie einen Stern nannte und sie mich lieblich anlächelte, wusste ich, dass es nicht so ist.
Gleichzeitig war ich mir dessen nicht mehr so sicher.

Sie hatte am gestrigen Abend noch darauf bestanden, sich ins Gras unseres Gartens zu legen, und die Sterne zu beobachten. Sie war wirklich sonderbar und undefinierbar. Gestern, den ganzen Tag, war sie ungewohnt nett und stiller als sonst und manchmal, so wirkte es, ein wenig kraftlos, als würde sie sich auf etwas vorbereiten, als würde sie die Ruhe vor dem Sturm genießen; und zwar still und genüsslich, wie das Eis in der Lieblingssorte. Ihre war Erdbeere.
Mein Wecker hatte an diesem Montag nicht geklingelt und als ich aufwachte hatte ich schon die erste Unterrichtsstunde verpasst, wie mir mit einem Blick auf die Uhr klar wurde. Also beschloss ich, die Schule für heute ausfallen zu lassen, auch wenn Vater an die Decke gehen würde, wenn er herausfand – was früher oder später passieren würde – dass ich einen Tag geschwänzt hatte; und das obwohl zurzeit nur freiwilliger Unterricht stattfand. Aber das war jetzt irrelevant.
Riley war hier. Bei mir. Und ich wollte nicht weggehen und riskieren, sie ein zweites Mal zu verlieren. *Nein, diesmal würde sie bleiben und zwar lange. Am besten für immer.* Und bei diesem Gedanken machte mein Herz einen Satz.
Wie schön das Leben doch sein konnte!

Sie schlief noch im Gästezimmer, ein Zimmer weiter, und ich stieg die Treppenstufen hinab in den Speisesaal um nachzusehen, was meine Köchin vorhatte uns heute zum Frühstück zu servieren. Sie schwärmte von Kaiserschmarrn, Rühreiern, Bacon und Obstsalat mit Erdbeeren und ich hoffte, mein Gast würde sich über das ausladende und üppige Frühstück freuen. Ich setzte mich an die Tafel und vermisste mit einem Mal Annabell, die mir jetzt ein aufmunterndes guten Morgen-Lächeln geschenkt hätte. Ich lächelte schwach als mir auffiel, dass ich öfter an sie als an meine verstorbene Mutter dachte.

Ich schüttelte den Kopf und verbannte jeden Gedanken an sie. Es war nicht der richtige Tag um Trübsal zu blasen.

Nicht heute, sagte ich mir. Denn heute strahlte die Sonne, direkt neben mir.

Ich musste mir ein Grinsen verkneifen als ich Riley in karierter Shorts und Hemdchen mit verstrubbelten Haaren zum Tisch schlurfen sah. Sie hob die Hand vor den Mund und gähnte ausgiebig, streckte sich und ging dabei auf die Zehenspitzen, zog dann viel zu schwungvoll den Stuhl nach hinten, um sich anschließend darauf plumpsen zu lassen; wie ein Kartoffelsack. Ich stützte mein Kinn in die Hand und versteckte so mein Grinsen, nur um dann von ihr finster angestarrt zu werden. Für Beschimpfungen war sie wohl noch zu müde.

Eine Angestellte brachte mir meinen morgendlichen Kaffee und fragte, was „die Dame" denn zu trinken wünschte, worauf ich unwillkürlich losprustete und ein wenig von meinem Kaffee ausspuckte. Riley zeigte mir für eine Millisekunde den Mittelfinger, überlegte kurz und gab dann einen Latte Macchiato mit extra Sahne in Auftrag. Ich zog eine Augenbraue hoch, doch sie streckte mir nur frech die Zunge entgegen. Wir frühstückten gemütlich und Riley fragte mich über alles Mögliche aus. Über die Schule, die Stadt, Freunde – die nicht vorhanden waren, wie ich gestehen musste – Familie und warum ich denn Sport trieb. Im Gegenzug stellte ich ihr Fragen. „Warum lebst du auf der Straße?" „Weil ich kein Zuhause mehr habe." „Und warum nicht mehr?" „Es ist kaputt." „Und wo gehst du als nächstes hin?" Darauf zuckte sie nur die Schultern, wickelte ihr Spiegelei in Brot ein und verschlang es gierig. Sie hatte wohl noch nie etwas von Tischmanieren gehört und ich wusste nicht, ob ich über ihr schlechtes Benehmen lachen oder weinen sollte. Es sah schrecklich aus und trotzdem konnte ich es ihr nicht verübeln. Es war einfach viel zu bezaubernd und lustig zugleich, wie dieser Liliputaner Mengen in sich hineinstopfen konnte, zu denen ich nie fähig wäre. Ich war schon lange fertig und so beobachtete ich sie, wie sie die ganze Schüssel an übrigem Obstsalat aufaß und belebt lustige Kindheitsgeschichten über sich erzählte. Eine davon war, wie sie, als sie zwei war, mehrere Klopapierrollen im Badezimmer ausgewickelt hatte und sie darin vergraben auf dem Boden saß und unschuldig zu ihrer Mutter hochschaute als diese ins Zimmer kam und zu einer Schimpftirade ansetzte.

Sie redete auch von den besten Pfannkuchen der Welt, die sie in einem Café in ihrer Heimatstadt jeden Samstagmorgen verspeist hatte. Sie empfahl sie mir überschwänglich.

Es waren alles Dinge aus der Vergangenheit und immer, wenn ich auf die Gegenwart zurück kam und ihr dazu Fragen stellte, wich sie aus oder tat sie mit einem Scherz und einem Lächeln ab. Doch ich beschwerte mich nicht. Es kam mir zwar seltsam vor, doch ich genoss es viel zu sehr mit ihr locker witzeln und reden zu können. Es war eine kostbare Zeit mit ihr und ich wollte, dass diese nie endete.

„Tu es mon coeur, mon festin pour les yeux, mon amour. Je ne pourrais pas me passer de toi", murmelte ich benebelt vor mich her und merkte nicht, dass ich diese Worte in der Lieblingssprache meiner Mutter murmelte; während Riley im Garten stand und Seifenblasen pustete. Es machte ihr so viel Spaß, es war so banal. Doch für sie war es ein großartiges Erlebnis. Ich wusste nicht wieso. Doch ich sah ihr gerne dabei zu, während ich Goethes *Faust, der Tragödie erster Teil,* las. Es war mit Abstand mein Lieblingsbuch, doch Riley meinte, sie würde sich nie im Leben so einen veralteten Scheiß reinziehen. Ich konnte nur lachen. Wir waren wirklich von Grund auf verschieden.

Am späten Nachmittag entdeckte Riley unseren „großen Saal", wie er immer genannt wurde. Darin befand sich ein schwarzer

Flügel in der Ecke. Der Saal war einfach nur ein großer gewölbter Raum, gefliest, und man kam durch eine unscheinbare kleine Tür hinein, worauf gefliese Stufen hineinführten. Daneben ein geschwungenes Geländer. Kurzum: Eine riesige Platzverschwendung, weil nie jemand in dieses Anwesen kam. Weder zum Tanzen, noch zum Vorspielen. Ich konnte es auch nicht. Doch das eigentlich rothaarige Mädchen – Gott, wie ich ihre wahrhaftige Farbe vermisste! – lief schnurstracks dort hin und setzte sich ehrfürchtig auf den Hocker. Verzückt strich sie über die Tasten.

Ich schlenderte zu ihr, legte mich neben sie auf den polierten Boden, die Hände auf dem Bauch verschränkt, und beobachtete die ihren, wie sie die ersten Töne anstimmten, und sie in eine andere Wirklichkeit eintauchte. Tief in die Verworrenheit der Noten. Schwarz und Weiß im Zusammenspiel; wie sie den Tasten wunderschöne Klänge entlockte und langsam die Augen schloss. Es war das Lied, das sie gesummt hatte; *Liebesleid* von *Fritz Kreisler.* Sie konnte es anscheinend immer noch.

Ich hätte nie für möglich gehalten, dass sie ein solches Talent hatte. Diese Heimatlose war mir ein Rätsel.

Ich schloss ebenfalls die Augen und wir versanken gemeinsam in den Noten. Versteckten uns dort um die Zeit zu täuschen.

Um im Moment zu verweilen. *Auf dass der Moment eine Ewigkeit werde,* schrie ich in Gedanken und presste die Augenlider aufeinander. Ich wollte träumen!

Das Stück war zu Ende. Ich regte mich einige Sekunden, die ich herauszuzögern versuchte, nicht; jedoch merkte ich, dass es nichts brachte und so gab ich es auf und öffnete wieder die Augen und blickte in eine Iris, die drohte mich weit in die Lüfte, in den Himmel, zu tragen. Sie riss ihre Augen noch weiter auf als sie in die meinen sah. Sie drehte sich auf dem Stuhl zurück zu den Tasten und begann ein weiteres Stück. Es war *Op. 25 No. 5, Wrong Note* von *Frédéric Chopin.* Ich erkannte es sofort. Doch sie spielte es zu hastig und gezwungen. Ich erhob mich langsam. Wie besessen spielte sie weiter und tat als hätte sie nicht gemerkt, dass ich nun hinter ihr stand. Ich runzelte die Stirn als sie immer noch nicht aufhörte wie eine Besessene auf die Tasten einzuschlagen. Es hörte sich nicht mehr schön an. Nicht so, wie es sollte. Ich beugte mich vor und legte meine Hand auf ihre linke, umfasste sie und hinderte sie daran weiter zu spielen. Panisch wandte sie sich zu mir um und starrte mich an; schnell atmend, ihr Puls erhöht; sie hatte Angst.

Wir saßen – ich saß, sie hatte sich mit einem Freudenschrei darauf gestürzt – auf meinem Himmelbett und sie vermied meinen Blickkontakt. Nach einigen Minuten des Schweigens fing ich an, da mir klar wurde, dass sie nie von sich aus beginnen würde.

„Warum?", war das Einzige, was ich herausbrachte. Flüchtig schielte sie zu mir.

„Ich habe eine Bitte", sie presste ihre Lippen aufeinander. Die Luft war zum Zerreißen gespannt, doch sie wollte nicht weiter reden.

„Welche?", hakte ich ungeduldig nach. Sie setzte sich langsam auf. Ihre Augen waren glasig.

„Ich brauche dich. Ich brauche deine Hilfe. Sonst kann ich mein Ziel nicht erreichen." Ich wollte weiter fragen. Aber die Tränen, die sich in ihren Augen zu sammeln drohten, und kurz davor waren eine Linie auf ihren rosigen Wangen zu bilden, hielten mich davon ab. Sie konnte nicht darüber reden. Das erzählte mir jede einzelne Faser ihres Körpers. Nonverbale Kommunikation – eine verräterische Sache.

„Wir treffen uns morgen Früh. An dieser Hausnummer", sie reichte mir einen Zettel, worauf in verschnörkelter Schrift eine Adresse gekritzelt war.

„Du … bleibst nicht?" Sie schüttelte den Kopf. „Ich habe noch ein paar Dinge zu erledigen." Sie lächelte. Das tat sie immer, wenn sie jemanden nicht enttäuschen wollte. Es war immer ein so nachsichtiges, schuldiges Lächeln, das einen entmachtete; eines, auf das man nicht wütend sein konnte; eines, das jeden in ihren süßen Bann zog.

Das Mädchen nahm meine Hand, drückte sie, machte auf dem Absatz kehrt und verschwand in der dunklen Nacht. Meine Augen folgten ihr bis sie endgültig von der Finsternis umschlungen wurde. Ich wurde unruhig. Sie lauerte bereits, bereit, sie für sich zu gewinnen und mir somit zu entreißen. Schnell lief ich die Auffahrt zurück zum Haus. Ich setzte mich zum Flügel, dorthin, wo bis vor wenigen Stunden noch das Mädchen saß. Sie war schon damals nicht mehr die, die ich kennengelernt hatte und ich fragte mich, wann sie sich so gewandelt hatte. *Wann hatten wir aufgehört uns selbst zu gehören?* Ich wusste keine Antwort darauf; die Zeit, sie trieb ihre Spielchen mit uns.

Kapitel 11

Manchmal habe ich das Gefühl ich träume, aber ich spürte, wie sie mir langsam wieder verloren zu gehen drohte, verloren, fernab der wärmenden Strahlen, die ich so an ihr zu lieben pflegte; fernab der lebendigen, rauschenden Quelle, die ich immerzu in ihren Augen zu finden glaubte, und ich wusste, dass es nicht so ist.
Gleichzeitig war ich mir dessen nicht mehr so sicher.

Sie hatte plötzlich kurzes Haar. Immer noch blond, aber nun nur noch knapp unter ihrem Kinn hängend. Annabell hatte sich einmal die Haare so kurz geschnitten, wie es Jungen trugen. Auf die Frage, warum sie sie nun kurz trug, antwortete sie mir, sie hätte sich scheiden lassen, und dass sie nun einen Neuanfang bräuchte. Und sie vertraute mir an, dass wenn ein Mädchen sich die Haare sehr auffällig verändern ließ, dass dann etwas Wichtiges passiert war, oder noch geschehen würde.

Sie legte mir die Schutzweste an. Eine Weste, die kugelsicher war und mich vor möglichen Gefahren schützen sollte. Jedenfalls meinte sie, ich solle sie vorsichtshalber anziehen. Sie lag schwer auf meinen Schultern und sie zog mir einen dicken Pulli über, der sie verbarg. Woher sie sie hatte – keine Ahnung. Das Mädchen erklärte mir, wir würden jetzt gleich jemanden treffen, der uns zu seinem Vorgesetzten bringen würde. Ich nickte, stellte keine Fragen und zog meinen Pulli zurecht. Mir war mulmig zumute, in meinem Bauch fing es zu flattern an, doch ich wollte sie auf keinen Fall alleine lassen.

Wir betraten das verfallene Haus; das, zu dem die Adresse mich geführt hatte. Es lag in einem verlassenen Dorf. So gut wie niemand lebte noch hier, außer Penner, Alkoholiker und Drogenabhängige – ich hatte mein Fahrrad hinterm Haus gesichert, die Gegend schien mir nicht vertrauenswürdig und ich mochte mein Mountainbike. Die Tür fiel quietschend zurück ins Schloss und schnitt uns eine der wenigen Lichtquellen ab. Ich blinzelte, um meine Augen an die spärliche Beleuchtung zu gewöhnen. Als ich vor uns jemanden bemerkte ergriff ich schnell ihre Hand und zog sie hinter mich.

„Wer ist da?"

Der Mann kam noch einen Schritt näher, er war klein, kleiner als ich, trug Schwarz und allerlei Schmuck am Körper; er nickte mit dem Kopf hinter sich und drehte sich um. Ich tauschte einen Blick mit ihr, sah ihre eiserne Entschlossenheit und sie zog mich an der Hand hinter sich her, dem Fremden folgend. Plötzlich war ich mir nicht mehr sicher, warum ich das hier tat; warum ich eigentlich hier war. *Warum ließ ich mich von ihr hier mit hineinziehen?* Das war ihre Welt, nicht meine. Und irgendwie mochte ich ihre gerade nicht.

Wir kamen aus ganz unterschiedlichen Ecken gekrochen. Meine kultiviert und sauber, ihre … eben nicht.

Du bist verliebt, Lucas, war meine einzig plausible Antwort in diesem Moment.

Der zwielichtige Typ öffnete uns eine Falltür im Boden und stieg uns voraus hinab. Das Mädchen ließ meine Hand los und folgte ihm ohne zu zögern. Ich folgte ihr – nicht weil ich wollte, sondern weil ich Schiss hatte, hier alleine zurück zu bleiben. „Schiss", wieder so ein Wort, das ich von ihr gelernt hatte. Ich hatte mich schon von Anfang an viel zu angreifbar gemacht. Es war als wäre ich ohne Schild und Rüstung in den Krieg gezogen und Riley, sie war das Schwert, das, das mich erlösen oder verletzen konnte. Wer das entschied, ob das eine oder andere geschehen würde, wusste ich zu diesem Zeitpunkt noch nicht. Nur eines war mir klar: ich hatte Angst, ob vor dem kommenden Ungewissen oder um das Mädchen, das ich eigentlich zu lieben pflegte, mir da jetzt aber nicht mehr so sicher war, wusste ich ebenfalls nicht. Ich wusste generell nichts mehr so genau. Manchmal gibt es diese Momente im Leben, in denen man einfach nicht mehr weiß, warum. In diesen Momenten sollte man sich von seinem

Verstand trennen und seinem Gefühl folgen. Mein Gefühl sagte mir einerseits ich solle mein ach so kostbares Fahrrad nehmen und verschwinden, andererseits dieses besondere Mädchen nicht alleine lassen. Mein Gefühl war also auch ratlos. In dieser Situation sollte man wohl doch lieber auf seinen Verstand hören und so blieb ich bei ihr, weil Annabell mir nun mal eingetrichtert hatte, dass man Mädchen beschützt und weil ich nie Gelegenheit dazu hatte, diese Weisheit von ihr – oder meiner Mutter, das war mir nicht bekannt – umzusetzen, und so wollte ich jetzt gegebener, nicht anwesender Person zeigen, dass ich sie wahr machen und ihr folgen konnte. Sie sollte stolz sein können, ich habe etwas von ihr gelernt. Sollte ich nachher allerdings nicht mehr sein, sollte sie sich keine Vorwürfe machen, schließlich liebte ich sie mehr als meine leibliche Mutter, nur so mal vorweg richtiggestellt, im Fall der Fälle. Oh Gott! Was dachte ich nur wieder? Ich musste wirklich Schiss gehabt haben.

Ich könnte jetzt behaupten, ich könnte mich nicht mehr an alles erinnern und nicht mehr davon berichten, aber das wäre eine Lüge. Ich hasse es zu lügen, auch wenn ich es hin und wieder tat. Denn ich erinnerte mich an so unwichtige Details, an jede Schweißperle, die mir den Rücken hinuntertropfte, an jeden Wimpernschlag und jede ach so unbedeutende Lichtreflektion in ihrem künstlich blonden Haar, aber das große Ganze, der Ablauf des Ganzen, wie was passierte, das ist mir tatsächlich nur noch schleierhaft vor Augen. Es ist erstaunlich, was sich das Gehirn alles an unbedeutenden Einzelheiten merken kann, solange es nur mit Emotionen verknüpft war.

Genauso konnte ich mich aber tatsächlich auch wieder nicht mehr daran erinnern. Ein nicht zu begreifender, nicht zusammenpassender Gegensatz, der mir nicht geheuer war, genauso wie die Kälte ihrer Hand, die ich sofort wieder ergriff als wir unten ankamen, in diesem feuchten Kellergewölbe, obwohl ihr Puls ungesund gestiegen war. Es war heiß, aber vielleicht bildete ich mir das auch nur ein, immerhin ist es meine Sicht und im Nachhinein hätte ich gerne ihre gehört. Leider war das nicht mehr möglich.

Ich wusste die ganze Zeit über nicht worum es ging. Ich hatte sie nicht gefragt, aus Angst vor der Wahrheit oder einem anderen Grund, ich kann es bis heute nicht erklären. Ich wollte einfach nicht. Noch nicht zumindest.

„Wo ist er?", wollte das Mädchen erfahren. „Er wird nicht kommen", sein herablassender Ton gefiel uns nicht. Weiter darüber nachdenken konnten wir jedoch nicht, denn auf einmal tauchten aus allen Ecken weitere Männer in Schwarz auf. Sie versteifte sich als sie Pistolen hinter ihren Rücken hervorzogen und – Gott, ihr glaubt gar nicht, wie unwirklich mir diese Szenerie vorkam – mir doch erleuchtete, dass Riley und das Mädchen etwas wussten, was sie nicht wissen durften und deswegen wollten sie sie loswerden.

Sie drückte meine Hand mit der ihren, ja, zerquetsche sie beinahe. Ein unverkennbares Zeichen für mich, dass wir die Flucht ergreifen mussten und alles umsonst war. Nun, vielleicht nicht alles, aber zumindest diese Aktion, doch für Riley war es wahrscheinlich alles, so wie sie für mich alles war.

Sie schubste mich grob vor sich, packte meine Arme hinter meinen Rücken und schmetterte ihre Fingernägel in meine Handgelenke, sodass ich vor Schmerz kurz keuchte. Es war als hätten die Männer mich erst jetzt gesehen und realisiert, dass ich auch da war. Sie musste nichts sagen. Alle schienen zu wissen, wer ich war und worauf sie hinaus wollte. Sie legte es darauf an. Wenn sie schossen, würden sie nicht nur sie sondern auch den einzigen Sohn ihres Chefs erschießen. Und das konnte niemand wagen. Sie schob mich wie ein Schutzschild vor sich her an den Männern vorbei und zog mich tiefer in das Gewölbe. Tatsächlich konnte ich kaum sehen, doch sie zog mich zielstrebig mit sich, schnell von den Männern weg und irgendwie – Gott weiß wie – landeten wir draußen, in der prallen Sonne auf einem verlassenen Hof. Wir sind aus irgendeinem Haus gekommen. Ein anderes als das vorher und ich vermutete, dass diese unterirdisch verbunden waren. Doch ich verwarf diese Idee sogleich, es war lächerlich. Warum sollte es so etwas geben? Viel Zeit blieb mir nicht, darüber nachzudenken.

Das Mädchen fuhr herum als wir Geräusche, Getrampel und Stimmen hinter uns hörten und blickte zu mir hoch; direkt in meine Augen und ich blickte zurück, direkt in ihre blauen, die mich wieder an Riley erinnerten.

„Wir trennen uns. Ich finde dich wieder. Es wird alles gut", stammelte sie knapp und doch ruhig, ließ meine Hand los und plötzlich fehlte mir die Kälte, die von ihr in diesem Moment ausging und die ich gerade noch verabscheut hatte; dann drückte sie mir eine kleine Pistole in die Hand. Genau wie bei der Weste wusste ich nicht, woher sie sie hatte. Und meine Hand wurde ebenfalls kalt und begann zu zittern und da wusste ich, dass sie auch eine hatte.

Sie rannte in die eine und ich in die andere Richtung und in diesem Moment wünschte ich mir zu träumen, denn im Traum war bekanntlich alles viel besser und im Traum konnte ich bei ihr sein. Mir fiel wieder mein Fahrrad ein und ich kam mir so dumm vor, mir noch vor wenigen Minuten so viele Sorgen um ein beschissenes Mountainbike gemacht zu haben. Und ich bereute mein ganzes beschissenes Leben und warum ich nur so dumm war – warum ich nur so dumm bin.

Ich lief die Straße entlang ohne Ziel, ohne eine Ahnung wohin und mir liefen die Tränen während des Rennens hinab. Ich war verzweifelt. Und ich sehnte mich nach etwas Besserem als dem hier, als mich selbst und nach dem Mädchen. Ich sehnte mich nach Riley. Nach dem Mädchen, das mir so viel geschenkt hatte.

Per Zufall bog ich rechts ab, bei einer Kreuzung blieb ich einen Moment unsicher stehen. Wohin nur? Ich lief blindlinks weiter, *Hauptsache weiter,* dachte ich, *Hauptsache weg.* Irgendwie – auch daran konnte ich mich nicht mehr erinnern – hatten sie mich eingeholt und verfolgten mich. Ich rannte einfach weiter und irgendwann kam ich in dieses Gebäude, aus dem ich nicht mehr entkommen konnte. Und vor mir stand jemand mit einer Pistole und ich stand vor jemandem mit einer Pistole und erst jetzt wurde mir bewusst, dass sie überhaupt nicht geladen war. Sie war nutzlos, und innerlich fluchte ich all die obszönen Wörter, die ich von ihr gelernt hatte.

Kapitel 12

Manchmal habe ich das Gefühl ich träume, aber als ich ihren schweren Körper vom Boden anhob und in meinen Armen wog, wie ein Neugeborenes, wusste ich, dass es nicht so ist.
    Gleichzeitig wollte ich es unbedingt.

Ich erinnerte mich an eines unserer Gespräche auf der Parkbank. Eine wunderschöne Zeit und ich wünschte mich zurück zu den sonnendurchtränkten Abenden, an denen wir redeten und schwiegen und den Grillen bei ihren Sinfonien lauschten.
    Einmal hatte sie mir anvertraut, ihre größte Angst sei der Tod. Nun war es geschehen und ich wollte mir nicht vorstellen, wie viel Angst sie in diesen wenigen Sekunden des Begreifens gehabt haben musste. Ich drückte ihren warmen Körper an meinen. Ich bekam nichts davon mit, was um mich herum geschah; etwa, dass die Polizei da war, die schallenden Sirenen des Krankenwagens in meinen Ohren dröhnten oder dass einige der Männer in Schwarz gefasst wurden. Wozu denn auch? Sie lag hier, regungslos und genauso regungslos saß ich neben ihr und hielt sie einfach nur – auch wenn sie es wohl nicht mehr spüren konnte; ich wollte, konnte, sie nicht alleine lassen, konnte sie nicht loslassen. Es war zu schmerzhaft. Die Verzweiflung machte sich in mir breit. Was sollte ich nur ohne Riley tun? Ich wollte sie bei mir haben, lange, so lange wie möglich. Ich wollte ihr meine Bilder zeigen, ich wollte, dass sie für mich auf dem Piano spielte, dass wir uns noch hundert Mal die Sterne ansahen, wie Verrückte durch das Haus tanzten, sie immer mehr Seifenblasen – jede einzelne ein kleiner Traum – erschuf und wenn eine zerplatzte, schnell drei neue blies und die Leere aus meinem Herzen und Kopf löschte und Leben in mein Leben brachte. Sie war mein Alles geworden und ja, vielleicht war das lächerlich, denn immerhin kann-

ten wir uns erst ein paar Wochen – ausgenommen die zwei Jahre, die dazwischen lagen – doch wir waren die Einzigen, die uns kannten und so wurde sie mein Alles, mein Grund und meine Soleil, um die sich mein ganzes Vie, meine ganze Terre drehte. Und was passierte, wenn die Sonne plötzlich verschwand? Einfach erlosch, durch ein kurzes Schnipsen? Richtig, der Mensch auf dieser einsamen Erde verlor sein Leben und, egal wie dumm, naiv, albern, absurd oder unrealistisch das jetzt klang, genauso ging es mir in diesem Moment. In diesem Moment, in dem ich sie hielt, ihre Hülle, die nun wohl verlassen war. Ich strich über ihr seidenes, weiches Haar, aus dessen Ansatz man das leuchtende Rot erhaschen konnte und roch den Blumenduft, der noch an den einzelnen Strähnen haftete. Ich verlor mich ein letztes Mal in dem Getümmel an Blau in ihren wunderschönen Augen. In dem Meer, in dem nun keine Regung mehr zu erkennen war, keine einzige Strömung, kein einziges Lebewesen und auch ich fand kein Zuhause mehr darin, wie noch vor wenigen Stunden, Minuten, Sekunden, Augenblicken.

Ich strich über diese und verschloss ihr die Sicht auf die Welt, in die sie eigentlich nie gehört hatte und von der sie nun endgültig den Blick abwenden konnte. Sie war viel zu grausam zu ihr gewesen; hat sie verdorben, ganz langsam, schleichend, und sie zu einem rachsüchtigen Menschen gemacht. Ich hatte es schon lange bemerkt. Ich wollte es mir nur nie eingestehen, wollte nicht wahrhaben, dass meine Riley von Hass zerfressen war, tief in ihr drin, gut versteckt, wohlbehalten eingedeckt von Liebe, Wärme und Freude. Ganz so wie liebende, über-fürsorgliche Mütter es mit ihren Schützlingen im Winter taten kurz bevor diese vor die Tür gingen und sich der kalten Außenwelt näherten.

Ich berührte ihre Wangen, strich mit dem Zeigefinger den geraden Rücken ihrer Nase entlang, endete auf ihren Lippen und verweilte mit Finger und Augen an dieser Stelle.

Wir hatten uns nie geküsst.

„Küsse sind das, was von der Sprache des Paradieses übriggeblieben ist", ein Zitat von Joseph Conrad. Ich wusste nicht, ob sie ihn mochte. Er war mein Lieblingsschriftsteller und ich fragte mich, ob es wohl auch ihrer sei und ich fragte sie leise, aber ihre Lippen blieben versiegelt.

Wie in Trance machte ich Notiz davon, dass einige Rettungsleute versuchten mich von der Toten zu trennen, doch ich klammerte mich an ihren Leib, als sei sie mein Rettungsanker, der mich vorm Ertrinken bewahrte.

Irgendwie schafften sie es doch, und mir fehlte anschließend die Kraft ihr hinterher zu kriechen, doch meine Kraft reichte noch für ein Flehen und Betteln und schmerzerfülltes Schreien. Ich nahm nur noch mein eigenes Schreien wahr, hörte nichts anderes, sah nur noch Dunkelheit um mich herum, roch allein den Geruch vom Schmutz der Straße und gemähtem Rasen, der Geruch des Hasses, und dieser einlullenden Lieblichkeit und Wärme, den nur dieser Körper noch zu seinen Lebtagen verströmen konnte, ich spürte nichts, außer einer beklemmenden Kälte, die mich immer wieder schüttelte in plötzlichen Schüben der Anspannung.

Sie brachten mich ins Krankenhaus, trotz meines lautstarken Protests. Ich wollte die ganze Zeit zurück zu ihr und sie halten, einfach nur halten, mich vergewissern, dass sie noch hier war, auf dieser Erde, mich vergewissern, dass ich noch bei mir war. Mich vergewissern, dass ich tatsächlich nicht träumte. Obwohl es das war, was ich mir in diesem Moment am sehnlichsten wünschte. Ja, ich wünschte mir sogar, sie nie getroffen zu haben, weil der jetzige Schmerz viel größer war als das blinde Umherwandeln davor.

Ich lag auf dem Bett des Krankenhauses, zusammengerollt wie ein weinerliches Baby – genau das war ich zu diesem Zeitpunkt. Ich weinte bitterlich und konnte nicht aufhören. Jedes Mal, wenn ich an sie dachte, wenn die Erinnerungen an ihre leeren Augen, an den Augenblick, an dem sie auf dem Boden aufschlug, zurückkehrten, zog sich meine Brust zusammen wie eine zusammengedrückte Cola-Dose und mir wurde zum Sterben zumute. Unter Schaudern und Schmerz krümmte ich mich dann immer stärker zu einem kleinen Bündel zusammen, in der Hoffnung vollends von meinem Leid aufgesogen zu werden wie von einem schwarzen Loch. Dann wäre ich wenigstens an ihrer Seite, falls es einen Himmel, oder eine Hölle gab. Mir war alles recht, solange sie da wäre.

Es war der Schmerz des Verlustes einer Liebe, der mich in diesen Wochen ereilte und es ist wohl der schlimmste Schmerz, der auf Erden existierte, schlimmer noch als der Tod.

Ich kam nicht ohne psychische Spuren davon, als ich nach drei Wochen im Krankenbett liegend, verkümmernd wieder entlassen wurde und ich stand plötzlich vor dem Tor des Anwesens, das dem ersten eine exakte Nachbildung war. Durch beide war sie einmal geschritten und beide hatte sie wieder verlassen und ist nie wieder zurückgekehrt. Welch eine tragische Geschichte. Wenn es nur ein Märchen wäre! Sie enden immer glücklich, doch die Realität war kein „Glücklich bis ans Ende aller Tage".

Eine Beerdigung gab es nicht. Ich wusste nicht einmal wo sie vergraben lag, vermutete allerdings, dass sie ohnehin verbrannt wurde. Wozu auch ein Grab? Niemand würde es besuchen. Niemand außer mir. Aber nicht einmal das wäre sicher.

Mit bedächtigen Schritten stieg ich die Auffahrt entlang in Richtung der großen Eingangstür. Die Bedienstete – deren Name mir nie wichtig war – öffnete, ich betrat die Schwelle, sah Riley in Weiß durch die Eingangshalle tanzen, stieg die Marmortreppe empor, beobachtete Riley das Geländer hinabrutschen, das strahlendste Lächeln auf den Lippen, das die Welt je gesehen, lief den Flur entlang, sah sie aus der Tür des Gästezimmers treten, verschlafen und mit wirren Haaren, stieß die Tür zu meinem Zimmer auf und erblickte mir gegenüber, mit dem Rücken zu mir, das Mädchen am Fenster stehen und ihre Melodie summen. Ich blieb stehen, versuchte nicht zu blinzeln, wollte die Illusion, die Erinnerung, aufrechterhalten, wollte, dass sie mir nie verloren ging. Doch langsam wurden meine Augen feucht von der Trauer, die in mir aufstieg und das Bild von ihr verschwamm, bis es nach und nach verblasste und ich alleine im Türrahmen stand. Ich wandte mich von diesem Raum ab, stieg den Flur wieder hinab, die Treppen runter und landete benommen in der Küche. Plötzlich spielte *Madcon* in meinen Ohren sein Lied, das sie so mochte und als ich eine Küchenhilfe mit dem Messer schneiden sah, das sie ebenfalls benutzt hatte, lief ich um die Kücheninsel herum, trat auf sie zu, riss ihr das Messer aus der Hand, richtete es auf sie und brüllte sie an, wie sie es wagen konnte, es auch nur anzufassen. Sie lief erschrocken rückwärts und die Panik in ihren Augen ließ mich erzittern, mir wurde für einen kurzen Augenblick klar, was ich gerade tat. Ich richtete ein Messer auf eine unschuldige Person. Und in diesem kurzen Moment der Erkenntnis, der schrecklichen Erkenntnis, was ich da gerade tat, ließ ich es fallen, nahm ein Glas von der Theke, warf es durch den Raum und es zerschellte an der gegenüberliegenden Wand. „Wie kannst du mir das antun?", schrie ich die Küchenhilfe an. Die Klarheit meines Tuns war gewichen, ich war vollkommen entrückt, nicht mehr wieder zu erkennen. Ja, ich erkannte mich selbst nicht mehr und das ließ mich nur noch mehr den Verstand verlieren. Ich griff nach allem was ich finden konnte und schleuderte es durch den Raum. „Wie kannst du ihm das antun?", schrie ich noch einmal und noch einmal und nochmal, während ich wie ein wildes Tier in der Küche tobte. „Wie konntest du ihm das antun?", fragte ich mich selbst mit heiserer Stimme. Am Rande meiner Wahrnehmung beobachtete ich, wie die Frau aus der Küche lief. Wahrscheinlich würde sie jemanden anrufen. Aber das war mir auch egal.

Ich stand neben mir, wollte nicht mehr ich sein, wollte nicht mehr in diesem Körper sein oder überhaupt da sein; ich wollte das alles nicht.

Niemand hielt mich auf als ich nach und nach die Einrichtung verwüstete, zerstörte und wie benommen durch den Raum taumelte. Nach einiger Zeit merkte ich nur noch, wie die Welt um mich anfing sich immer stärker und stärker zu drehen und meine Welt endgültig schwarz wurde. Endlich! Endlich, konnte ich für einige Augenblicke aufhören zu fühlen, zu sehen, zu riechen, zu hören, zu … zu … zu… aufzuwachen; endlich konnte ich träumen! Träumen ohne Empfindungen. Mein Körper hatte mir nie gegönnt zu träumen, ich glaubte immer deshalb, weil mein Gehirn sich nie vorstellen konnte wie es ist, wenn alles schön wäre, denn so ist das doch in Träumen; alles in ihnen ist schön. Mein Traum war auch schön, weil ich für diese Zeit nicht dort war, wo ich wusste, dass sie nicht ist. Ich kostete dieses Nichts aus, als würde ich einen Becher Pudding, Joghurt oder sonst was auslecken und ja nichts übrig lassen. Als würde ich mich als Einziger inmitten des endlosen Ozeans treiben lassen und langsam immer tiefer unter die Oberfläche sinken. Ich streifte durch diese Abwesenheit von allem mit einem Gefühl der Leichtigkeit und Befreiung, als wäre ich nie traurig gewesen und als würde ich das Mädchen, das ich liebte, morgen wieder sehen.

Ich fühlte eine Hand an meiner Schulter. *Scheiße.* Ich wollte noch nicht wieder fühlen, ich wollte noch nicht wieder zurückkehren. Hört ihr nicht? Jemand rief meinen Namen. Nein! Ich war noch nicht bereit! Lasst mich dort! Zu spät. Mein Bewusstsein war wieder vollkommen im Hier und Jetzt und ich konnte nichts mehr dagegen tun, außer mich vielleicht noch einmal selbst auszuschalten, wobei ich das nicht vor Annabell tun konnte.

Annabell! Ich hatte gar nicht richtig erfasst, dass sie es war, die mich zurück in die Wirklichkeit geholt hatte. Aber da saß sie vor mir an meiner Bettkante – mein Bett, in meinem Zimmer, das ich eigentlich nie wieder betreten wollte. Ich wandte mich ruckartig zum Fenster, aber Riley stand nicht dort. Nicht mehr, schon lange nicht mehr.

Langsam riss ich meinen Blick vom Fenster los und betrachtete Annabell, die mit Tränen in den Augen meine Hand drückte. Ich mochte es nicht, wenn sie weinte und so strich ich ihr vorsichtig die erste kullernde Träne von der Nasenspitze.

„Sehe ich wirklich so hässlich aus, dass du gleich weinen musst?", fragte ich sie und versuchte mich an einem Lächeln. Meine Stimme war ganz heiser und rau. Sie presste die eh schon dünnen Lippen zusammen und begann laut zu schluchzen, sodass ich beinahe erschrak, wäre ich nicht noch so träge gewesen. Sie rieb sich mit dem Ellenbogen über das Gesicht und lächelte mich an. Mütterlich strich sie mein dunkles Haar aus der Stirn und die Sonne ließ sie aufleuchten wie einen Anker, der nur für mich kam, um mich zurückzuholen an Deck, an die Oberfläche.

„Ich bin so froh, dass du wieder wach bist", sie blinzelte die nächsten Tränen zurück und umarmte mich innig. „Mach dir keine Sorgen, Ann. Ich will nicht, dass du weinst. Es tut mir selbst weh, dich so zu sehen." Ich strich ihr beruhigend über den Rücken und spürte, wie mein Hemd feucht wurde. Ich schob sie von mir weg, „Hab ich was Falsches gesagt?", ich verstand nicht warum sie weinte, ich wollte sie mit meinen Worten beruhigen, nicht weiter aufregen. Doch dann fing sie wieder an zu lachen. Sie lachte mich aus. Und ich wurde einfach nicht schlau aus dieser Situation und fragte mich noch lange, warum sie mich ausgelacht hatte.

Sie wies mich zur Ruhe an. Ich sei vor fast drei Stunden in der Küche ohnmächtig geworden. Sie meinte, der Arzt, der da war, stellte fest, dass es von meiner psychischen Verfassung und meiner noch verheilenden Wunde an der Schulter herrührte. Nachdem sie mir noch ein wenig von Vater und dem Chaos in der Küche erzählt hatte, wies sie mich zum Schlafen an, trat aus dem Zimmer, drehte sich noch einmal zu mir um, lächelte lieblich und schloss die Tür hinter sich. Ich war allein, mit mir selbst. Es war als hätte Annabell das Licht mitgenommen und nun schien nur noch das matte und doch so unerbittlich strahlende Licht des Mondes durch die Fenster in den Raum. In den leeren Raum, den ich eigentlich ausfüllen sollte. Ich versuchte die Augen zu schließen, aber ich konnte nicht schlafen.

Jetzt konnte ich den Blick nicht wieder abwenden. Erst Riley und dann hatte Annabell mich aufgeweckt. Das konnte ich nicht ignorieren. Ich richtete mich langsam auf und stieß mich vom Bett ab. Mit bedächtigen Schritten näherte ich mich den Fenstern und blieb vor ihnen stehen. Mit noch zitternden, schwachen Fingern umfasste ich den Griff und öffnete mit kräftigem Druck und viel Schwung die Fenstertür. Frische Sommerluft und Wind kamen mir entgegen, umfingen mich, strichen wie ein Wirbel um mich, verbreiteten sich im Zimmer und ließen die weißen Vorhängen fliegen, sich aufbauschen, sich erheben und tauchten meine Welt in einen Schleier aus Weiß während ich vor der Tür stand, weit aufgerissen, in Hemd und Stoffhose, und der Mond lächelte mir zu und ich lächelte zurück und ich blinzelte von der Klarheit geblendet, die mich plötzlich erfasste und zum ersten Mal seit unserer letzten Begegnung an der Parkbank hörte ich tatsächlich die Grillen singen.

    Ich verstand nun, und ich dankte allem, was mich umgab, weil ich nun wusste, dass ich endlich wieder leben musste.

Kapitel 13

Manchmal habe ich das Gefühl ich träume, aber dann erinnerte ich mich, dass mein Gehirn es sich nicht vorstellen konnte, wie es sein müsste, wenn alles schön war und ich wusste, dass es nicht so ist.

Und ich nahm mir vor, dies zu ändern, damit ich endlich träumen konnte.

Ich stand noch einige lange Sekunden dort und betrachtete das Gebilde unseres Universums. Manchmal hatte man so Momente im Leben, so flüchtig und doch so relevant, in denen man die Weite und das Ausmaß des großen Ganzen begriff; und anschließend sich selbst unbedeutend und doch als unverzichtbar ansah. Das waren die Schlüsselmomente unseres Lebens, die wir zwar nur allzu leicht vergaßen, die uns dennoch prägten und leise auf unseren Wegen begleiteten.

Und es gab nicht nur Momente, sondern auch Menschen, die solch eine Wirkung auf unser Leben ausüben konnten. Riley war für mich so einer. Dieser Mensch hinterlässt seine Fußspuren im Sand, die oftmals jeder Windböe trotzen.

Ich wandte mich von der leuchtenden Scheibe ab, dabei fiel mein Blick auf meine Bilder. Sie waren nach wie vor sehr gut. Mich überkam eine Welle an Gefühlen, in der ich mit Reue der Chance nachsah, in der ich ihr meine Kunst hätte zeigen können. Doch ich verwarf es sogleich. Ich durfte jetzt nicht wieder abdriften. Pas aprés le premier coup de vent.

Ich lag in meinem Bett und versuchte zu schlafen. Doch wie konnte ich nur? Ich war erwacht! Wie sollte ich gleich wieder schlafen? Andererseits war es beinahe ein Uhr nachts, und um diese Uhrzeit konnte man nicht viel ausrichten. Zumindest dachte ich das.

Ich starrte also auf den hellblauen Stoff des Himmelbettes, blinzelte den Raum mit meinen Augen ab und betrachtete die Konturen der Möbel, deren Kanten sich von den Wänden abhoben. Meine Aufmerksamkeit blieb auf der Platte meines Nachttisches hängen. Etwas hob sich minimal von der glatten Oberfläche des Eichenholzes ab. Es war kaum zu erkennen und doch so, dass man es registrieren konnte. Meine Neugierde hielt es nicht aus – denn ich verwendete meinen Nachttisch so gut wie nie und so hatte ich keinen blassen Schimmer, was das sein konnte – und ich knipste das Licht meiner Stehlampe an.

Da lag es.

Ein kleines Büchlein, ein Heft, mit ranzigen Kanten und zerfledderten Seiten. Der Einband grau und gewöhnlich.

Ich hatte es nie zuvor gesehen.

Fast schüchtern, als würde ich erwarten, jemand käme jeden Moment herein und erklärte mir, er hätte es dort versehentlich liegen lassen, streckte ich zögerlich meine Hand danach aus.

Das Papier fühlte sich rau an, auch ein wenig dreckig und während ich sanft darüber streichelte wischte ich gleichzeitig Staub und Erdkrümel ab. Es roch nach dieser süßen Frische, die sie immer versprüht hatte und ich wusste sofort, dass es von ihr stammt, noch bevor ich das Büchlein öffnete und die erste Seite, dicht beschrieben, sich mir offenbarte.

Lieber Bastard, begann sie dort. Ich verdeckte schnell die darunter liegenden Zeilen mit meiner Handfläche.

Wollte ich weiter lesen? Ja, das wollte ich, aber noch nicht jetzt. Ich wollte weiterlesen, konnte aber nicht. Ich wusste selbst nicht wieso.

Nein, ich brachte es tatsächlich nicht fertig, meine Hand von den Zeilen zu heben. Sie zitterte leicht und ich zog sie erst wieder weg als ich es wieder zuklappte. Wehmütig platzierte ich das Heft wieder auf dem Nachttisch und ließ mich zurück in mein flauschiges Kissen sinken. Ich fragte mich, warum ich es erst jetzt bemerkt hatte, doch mir wurde klar, dass ich auch erst jetzt, nach meinem Krankenhausaufenthalt, wieder in diesem Zimmer war. Ich hätte es vorher also gar nicht bemerken können und meine

Gedanken wollten explodieren als ich wirklich begriff, dass Riley es erst vor unserem Treffen dorthin gelegt haben muss.

Ich fühlte mich unruhig, rastlos. Etwas bebte in meiner Brust, etwas schrie nach Leben und ich konnte es nicht länger unterdrücken. Jetzt hatte ich nämlich einen Grund.

In dieser Nacht konnte ich nicht schlafen, ich wollte, aber das Büchlein ließ mir keine Ruhe und so räkelte ich mich in meinem Bett hin und her und ließ es die ganze Nacht lang knarzen und quietschen. Ich wollte die Tinte in mir aufsaugen und somit die Bedeutung der Worte, die sie für mich hinterlassen hatte.

Riley war mir immer mehr ein Rätsel. Es gab so viele Dinge, die mir unklar waren, aber jetzt war mir nichts mehr so wichtig wie das, dass sie sich anscheinend schon im Voraus über ihr Schicksal im Klaren war; anderenfalls hätte sie mir kein Heft hinterlassen können. Es fiel mir schwer, diesen Gedanken zu realisieren. Sie hatte Angst vor dem Tod. Warum sollte sie also direkt hineinlaufen; in ihre größte Angst? Ich hatte auch Angst. Und tief im Inneren hatte ich gewusst, dass sie mich verlassen würde. Ich wusste, dass das alles nur temporär war, nicht für die Ewigkeit, und doch, obwohl ich Schiss davor hatte, verlassen zu werden, blieb ich.

Sobald man jemanden wahrhaftig liebt, werden einem selbst die Monster unter dem eigenen Bett egal. Man streckt die Arme nach der dunkelsten Stelle im Zimmer aus um zu dieser Person zu gelangen, um bei ihr sein zu können.

Ich hielt es nicht mehr aus. Ich sprang aus dem Bett, griff in einer einzigen Bewegung nach dem Büchlein, lief zur Zimmertür und stieß sie energisch auf. Ich lief den Dienstbotengang entlang und nahm die Wendeltreppe, die zum Dachboden führte. Ich hämmerte wie ein Irrer an der morschen Kastanientür und sie bebte förmlich unter meiner Faust. Verschlafen öffnete Annabell die Tür und blickte mich schlaftrunken an. „Wir müssen los!", sagte ich energisch, geradezu eindringlich und drängend zugleich. Sie begriff überhaupt nichts, sie war total überrumpelt, was mich nur noch ungeduldiger machte. Meine Beine zappelten schon aufgeregt auf der Stelle und ich zog Annabell am Handgelenk aus dem Türrahmen um sie zur Eile zu zwingen. Ich ließ ihr nicht einmal Zeit sich etwas über das kurze Nachthemd zu ziehen. Das war gerade ohnehin irrelevant. Das einzig Wichtige in diesem Moment war das Notizheft, das ich unter meinem Arm trug, denn ein Stück von Riley schlummerte noch darin und ich wollte Riley wieder spüren. Nur ein allerletztes Mal. Ich verzehrte mich so sehr nach ihr, dass mein Herz schmerzte und das Wissen, sie nie wieder sehen zu können, brach es in tausend Scherben.

„Was willst du eigentlich?", nuschelte Annabell immer noch im Halbschlaf hinter mir her stolpernd, während wir die Wendeltreppe wieder hinab rannten. Ich ignorierte ihre Fragerei souverän und zog sie noch ein bisschen drängender hinter mir her. Vor dem Ausgang der Villa riss ich eine Klingel vom Beistelltischchen und ließ ihre Töne von den Wänden widerhallen. Dann stellte ich sie eilig wieder zurück, und steckte schnell mein Handy samt Kopfhörer in die Tasche meiner Jogginghose. Kurz darauf kam mein Chauffeur im Bademantel hektisch in die Eingangshalle und musterte mich und Annabell verwundert und erschrocken.

„Was ist passiert?", sein Blick war ernst. Das gefiel mir, denn dann war wenigstens mein Fahrer wach.

„Wir müssen zur alten Villa. Schnell", mein entschlossener Ausdruck schien ihn zu verwundern. Was ihm nicht zu verübeln war, da ich die letzten Wochen wie ein Zombie ohne Gefühle, Emotionen oder Überlebenswillen in meinem Bett verbracht hatte. Ohne weitere Fragen zu stellen holte er den Autoschlüssel und eilte uns voraus, aus der Tür dem Wagen entgegen und stieg direkt ein – er wusste, dass gerade keine Zeit für Förmlichkeiten wie das Türaufhalten blieb. Er startete den Motor, ich verfrachtete Annabell neben mir auf die Rückbank, wir fuhren los, aus der Einfahrt raus und durch das Tor, das sich hinter uns automatisch wieder schloss und von da an wusste ich, dass ich nie wieder hier her zurückkehren wollte, denn das Mädchen, das in dieses Haus ging, war nur zum Teil das, das ich an der Parkbank traf.

Ich saß wie erstarrt auf dem Ledersitz hinter Ricardo, dem Fahrer, und heftete meine Augen wie ein Besessener auf das Büchlein, das ich sanft in Händen hielt. Plötzlich merkte ich, dass wir nicht mehr weiter fuhren und ich riss meine Aufmerksamkeit vom Einband ab. Wir hatten auf einer Raststätte angehalten. „Wieso halten wir, Ricardo?", mein Geduldsfaden war ohnehin schon gespannt – wir brauchten knapp zwei Stunden für die Fahrt – und jetzt blieben wir auch noch grundlos stehen? Was sollte die Scheiße?

„Annabell muss auf die Toilette und holt uns beiden noch Kaffee." Fassungslos blinzelte ich ihn an. „Wozu braucht ihr denn jetzt Kaffee??", schrie ich ihn an. „Hey, Lucas, es ist vier Uhr morgens, wir sind beide schweinemüde", erwiderte er nur, und außerdem hieß es eigentlich hundemüde.

Wussten sie denn nicht, worum es hier ging?? – Oh, sie wussten es ja tatsächlich nicht, denn ich hatte ihnen nicht gesagt, dass dieses Buch von Riley kam. Er sah mich schuldbewusst im Rückspiegel an, während ich ihn immer noch mit halb offenem Mund anstarrte. „Wolltest du auch einen?", fragte er zerknirscht. „AAHHH!", ich schrie, stöhnte genervt auf, ließ mich zurück in das Echtleder fallen und raufte mir die dunklen Haare. Wie konnten sie nur so ruhig sein?? Ich war kurz davor, die Krise zu bekommen, als Annabell freudestrahlend mit zwei Kaffee-to-go-Pappbechern ankam, wieder einstieg und der Motor wieder anging.

„Was hast du, Luci?", fragte sie mich wie ein unschuldiges Kind mit ihren großen braunen Kulleraugen, weil ich mir immer noch die Haare raufte und die Augen fest zusammen presste. Das konnte doch alles nicht wahr sein?! Ich wollte nur schnellstmöglich ankommen! Ich seufzte, schwieg und ließ langsam von meinen Haaren ab, während Annabell mich Kaffee schlürfend musterte und anschließend meine Haare wieder in Form brachte.

Es wurde noch schlimmer als im Radio plötzlich *sweet home Alabama* lief und beide lauthals in schiefen Tonlagen mitsangen. „Wir sind hier doch nicht auf einem Road-trip!", versuchte ich ihnen vergeblichst klar zu machen, doch sie sangen einfach weiter und Annabell versuchte auch noch mich dazu zu bringen mitzumachen. Aufatmen konnte ich erst wieder als das Lied endlich vorbei war und ich widmete mich wieder dem Heft und versuchte mich darauf einzustellen. Auf Riley gefasst zu sein.

Die Hupe unseres Wagens ließ mich aufschrecken. Wir standen auf der Autobahn. Warum standen wir denn jetzt schon wieder?

Ich beugte mich zu Ricardo vor, der gleich am Platzen war. „Was ist passiert?", fragte ich ihn – ebenfalls genervt. Er deutete mit der Hand nach vorne: „Da ist ein Lastwagen umgekippt und jetzt ist die ganze Straße belegt!" Kurz: wir standen im Stau bis die Sauerei weggeschafft wurde. Klar, ich hätte mir jetzt auch Sorgen machen können, ob jemand verletzt wurde, doch dazu war ich viel zu sehr auf Riley fokussiert und mir waren die meisten Menschen sowieso egal – was natürlich nicht richtig war und ich nahm mir vor daran zu arbeiten; oder es zu versuchen.

Wir standen also in einer riesigen Autoschlange und hatten keine andere Möglichkeit als zu warten. Und wir warteten fast zwei Stunden. Ohne Witz, es war unerträglich diese lang verstrichene Zeit einfach auszuharren. Annabell hatte einfach geschlafen und Ricardo spielte ein dämliches Spiel auf seinem Handy. Als es endlich wieder vorwärts ging war es bereits sieben Uhr und die Sonne war schon aufgegangen. Vor einer halben Stunde hatten Annabell und ich beobachtet, wie der fette Feuerball aufstieg, sich uns in voller Größe präsentierte und es hatte sich fast so angefühlt als hätte ich eine Mutter als sie mich liebevoll Luci nannte und begeistert diese alltägliche Banalität bestaunte.

Ich lehnte meinen Kopf an die kühle Glasscheibe und hoffte inständig, dass jetzt nichts mehr dazwischen kam. Ich wollte unbedingt ankommen, wollte unbedingt in der schwarzen Tinte abtauchen, an dem Ort, wo alles seinen Anfang hatte.

Wir kamen gut voran und ich ließ mich langsam von der guten Stimmung der Beiden mitreißen. Wie könnte ich auch nicht? Es war viel zu verlockend für einige Minuten einfach nur glücklich zu sein und meine Zeit mit ihnen zu genießen. Wir hörten gerade *sweet child o'mine* und mein Chauffeur und mein Kindermädchen bekannten ihre Liebe zu diesem Song und sie sahen sich über den Rückspiegel in die Augen und still bekannten sie ihre Liebe zu so viel mehr und ich freute mich für sie.

„Lucas, mein Junge, welcher Sport begeistert dich?", fragte Ricardo mich aus heiterem Himmel.

„Eigentlich gar keiner."

„Waas?", rief er entsetzt aus, „Das will ich dir nicht glauben, Sportsfreund."

„Naja, ich mag Schach sehr gerne. Und wenn ich Freunde hätte, würde ich wahrscheinlich mit ihnen Basketball spielen gehen. Oder Volleyball."

„Schach? Schach ist doch kein richtiger Sport!", rief er überzeugt aus und schüttelte über meinen Irrglauben den Kopf. Annabell richtete sich damenhaft in ihrem Sitz auf und legte die Fingerspitzen aneinander, so wie sie es immer tat, wenn sie sich mehr Autorität und Respekt von ihrem Gegenüber erwartete: „Nun lass den armen Luciano doch mal. Man muss kein Sportfreak sein wie du es bist, Ricci. Er hat nun mal andere Talente. Er ist sehr scharfsinnig und ein Perfektionist, das kann man in seinen Bildern ganz genau erkennen, sie sind übrigens wunderschön." In ihrem Ton schwang Stolz mit und Überheblichkeit war zu finden und sie reckte ihre Nase in die Luft als würde es sie größer machen.

Irritiert wandte ich mich vom Fenster zu ihr um: „Woher kennst du meine Bilder?"

Sie zwinkerte mir verschwörerisch zu, verriet aber auch nach weiterem Bohren keine Details und wir stritten uns dort im Auto auf dieser Rückbank wie kleine Kinder – nein, wie ein Sohn mit seiner Mutter, der sich mehr Privatsphäre wünschte. Irgendwann mischte sich Ricardo mit ein und verteidigte Ann wie ein treuer Hund. Dann hatte ich keine Nerven mehr für diesen Quatsch und gab mich geschlagen.

„Ich hab Hunger", meinte „Ricci" auf einmal und natürlich stimmte die Brünette neben mir sofort zu und machte sogleich den Vorschlag, in einem Café zu frühstücken. Leider war das Argument meines knurrenden Magens laut Annabell stärker als meine Einwände und so wurde ich kurzerhand überstimmt. Anschließend fasste ich den Entschluss, beleidigt zu sein und das gesamte Frühstück lang nicht mit ihnen zu sprechen. Aber den Beiden war das ziemlich gleichgültig, sie fragten mich Dinge wie: Willst du noch mehr Salz auf dein Rührei? Tja, und da konnte ich einfach nicht nichts erwidern. Wir verfielen wieder in ein ausgelassenes Beisammensein und plauderten sogar mit der Kellnerin und erst ab da wurde uns so richtig bewusst, dass unsere Garderobe überhaupt nicht normal war; Annabell im Nachthemd und schnell übergestreiftem Mantel, Ricardo im grünen Bademantel und ebenfalls einem Mantel darüber und ich in Jogginghose und fleckigem Hemd. Doch es störte eigentlich niemanden und wenn doch, so kümmerte es uns nicht, denn wir waren zu glücklich um uns davon stören zu lassen.

So musste es sich anfühlen mit seinen Eltern etwas zu unternehmen und ich musste an das Mädchen denken und wie sehr ihr wohl dieses Frühstück gefallen hätte. Riley wollte, dass ich solche Momente erlebte, das wurde mir ein weiteres Mal bewusst und ich genoss diese Mahlzeit wie ich es zuvor bei keiner je tat. Es tat gut, mit anderen am gleichen Tisch zu sitzen.

„Ich muss kacken." Diese Feststellung kam so unerwartet, dass Annabell und ich in pubertäres Gekicher ausbrachen und uns unter Tränen totlachten. Ricardo war ein sehr formeller Typ, von dem man solch eine Bemerkung schlichtweg nicht erwartete.

Noch einmal wurde der Motor an diesem Tag gestartet und noch einmal sangen wir zu *sweet home Alabama* mit und diesmal hatte das Kindermädchen es tatsächlich geschafft mich zum Mitträllern zu bewegen und dabei hatte ich tatsächlich vergessen, dass wir uns auf keinem Road-trip befanden.

Dann schielte ich auf die Kilometeranzeige des Navis. Wir waren fast da. Mit Erschrecken bemerkte ich das Straßenschild, das mir zeigte, dass wir uns in der Vorstadt befanden. Ich wollte nicht schon da sein, und gleichzeitig wünschte ich mir nichts sehnlicher. Wie ein Buch oder eine Serie, die man nicht beenden wollte, weil sie so schön ist und trotzdem muss man weiter schauen. Ich wollte in diesem Zwischenspiel verweilen, wollte nicht meine heile Welt der Wandelnden verlassen. Wollte noch nicht wachgerüttelt werden – aber vielleicht war das bereits der Fall?

Kapitel 14

Manchmal habe ich das Gefühl ich träume, aber dann merkte ich, dass das tatsächlich möglich sein konnte.

Ich wollte erst meinen Augen nicht trauen als ich mich am nächsten Tag auf dem Feldweg befand und der Parkbank immer näher kam. Ja, ich hatte es geschafft so lange zu warten. Ich war nach dieser langen Fahrt so fertig (oder von Annabells Gesinge so traumatisiert), dass ich wusste, ich könnte Rileys Worte nicht mit der nötigen Aufmerksamkeit lesen, derer es bedurfte. Also wartete ich bis zum nächsten Morgen, um um fünf Uhr morgens aufzustehen und mich noch bei leichten Nebelschwaden in der Luft und ohne eine Menschenseele weit und breit zur Bank zu begeben.

Ich erkannte sie schon von fern, wie sie verlassen und einsam dort stand, durch die Dunstschwaden. Der große Kirschbaum kam nach und nach ebenfalls zum Vorschein und präsentierte sich mir mit seiner prachtvollen Blätterkrönung. Als ich näher kam erblickte ich auch die roten Früchte, die zwischen dem grünen Gewimmel hervorlugten. Grün und Rot. Ein auf den ersten Blick seltsam wirkendes Bild, bei genauerem Hinsehen aber wie für einander geschaffen.

Unschlüssig verharrte ich vor den dunkelbraunen Holzbrettern, aber hier war niemand um mich stumm zum Hinsetzen aufzufordern. Ich machte eine übertriebene Verbeugung vor der Bank und fragte: „Darf ich?" Dann setzte ich mich vorsichtig, hörte das vertraute Geräusch ihres Knarzens unter meinem Gewicht und strich über die raue Oberfläche. Ich blinzelte in die noch trübe Luft hinein und saugte mich am Anblick der gemähten Wiese fest und wartete bis die Sonne aufgehen würde. In der Zwischenzeit ließ ich meine Gedanken weit weg reisen, in die vergangenen Momente, die ich hier mit Riley verbracht hatte. Ich erinnerte mich an ihre sanfte, manchmal raue Stimme; an ihr rotes Haar mit den Wellen, das sich leicht um ihren Kopf plusterte; ihre blauen Augen, die immer kindlich strahlten; ihre kleinen Ohren, die Bewegung, wenn sie ihre Locken hinter sie strich und wie sie oben spitz geschwungen waren, sie hatten was von Elfenohren; an ihre Hände, die unwahrscheinlich klein waren und ihre Angewohnheiten, wie das barfuß Laufen oder das schief Legen des Kopfes … Mein Reflex gegen die aufkommenden Sonnenstrahlen zu blinzeln holte mich aus meinen Tagträumen und ich beobachtete verzückt, wie die helle Scheibe hinter dem grünen Gras immer größer, immer mehr zum Vorschein kam und mir das nötige Licht zum Lesen spendete. Jetzt konnte ich anfangen.

Ich holte das Büchlein aus der Bauchtasche meines dünnen Pullovers und streichelte sacht über den grauen Einband. Schließlich öffnete ich und las:

Lieber Bastard,

wenn du das hier liest, bin ich wahrscheinlich nicht mehr da. So war es zumindest geplant.
Du bist schlau, durch dieses Notizheft wirst du dir denken können, dass ich schon vorab wusste, dass es so weit kommen würde.
Ich weiß auch, dass du Fragen hast. Die hattest du die ganze Zeit und weil ich es nie über mich bringen konnte, sie ehrlich zu beantworten, möchte ich sie dir wenigstens jetzt, nach meinem Tod, beantworten.

Es folgte nichts weiter, erst auf der folgenden Doppelseite fuhr sie fort:

Erst einmal muss ich von mir erzählen. Mein voller Name ist Riley Fitz und meine Mutter war Köchin mit drei Kindern. Unser Vater hatte uns schon lange verlassen, er war Alkoholiker und starb an einer Überdosis Schlaftabletten. So musste Mama sich um uns alleine kümmern, aber sie hatte nie viel Geld. Ich war die Älteste und hab nach dem achten Schuljahr aufgehört, um meiner Mami finanziell zu helfen und für meine kleinen Geschwister zu sorgen. Ich hatte mein rotes Haar schon immer gehasst, denn es war das meines Vaters und in der Gegend, in der ich aufwuchs, sagte man, ich wäre verflucht. Ich wäre eine Hexe, die Unglück brächte. Das hat uns noch mehr Ärger eingebrockt und Mama hatte es nie leicht mit mir. Irgendwann hatten wir nicht genug Geld für die Miete mehr, weil sie gestiegen ist. Also hatte unser Vermieter damit gedroht uns rauszuschmeißen und naja … wir hätten alle nirgends hin gekonnt. Also hatte meine Mutter was ganz Dummes gemacht: Sie ist auf das Angebot ihres Arbeitgebers – der illegale Geschäfte führte – eingegangen, Drogen bei uns zwischenzulagern. Wir lebten in einem sehr armen und verfallenen Viertel, musst du wissen. Und dort hatte die Polizei es schon längst aufgegeben den Drogenkonsum und -handel zu stoppen. Meine Mama hatte also eingewilligt und so kamen Rauschgifte wie Crack, Freebase und Metamphetamine in unser Wohnzimmer unter die Couch. Ich weiß – das hätte sie nicht tun dürfen, aber sie war verzweifelt und sie wollte für uns sorgen können, egal mit welchen Mitteln. Ich konnte dabei nicht zusehen und hatte mich für mehrere Jobs beworben, in denen ich mehr verdiente als davor und wir uns unsere Miete und die Nebenkosten wieder leisten konnten, ohne das zusätzliche Geld vom Drogenlager. Mama wollte dann wieder aussteigen, aber ihr Chef hatte sie nicht gelassen. Er hatte ihr sogar gedroht. Als sie die nächste Lieferung nicht annahm wurde sie eine Woche später schweren Diebstahls beschuldigt und vor Gericht gezogen. Zu einem Urteil kam es aber nicht, weil sie davor bei einem Verkehrsunfall ums Leben gekommen ist. Einfach so und ich wollte es erst nicht glauben. Zufällig waren meine Geschwister auch dabei, als sie damals über einen Zebrastreifen gingen und es hat sie auch getroffen. Nur ich war nicht dabei, ich hatte gearbeitet. Zufällig hatte ihr Chef auch sofort eine neue Köchin parat. Zufällig wurde ich einige Zeit von einem schwarzen Mercedes beschattet. Ich hatte es bemerkt und bin vorübergehend untergetaucht. So kam ich auf die Straße, denn ich wollte nicht in das Jugendschutzsystem einlaufen und dadurch riskieren in meinen Taten eingeschränkt zu werden und eine Miete konnte ich mir ohne Mamas Einkommen als Köchin ohnehin nicht mehr leisten. So kam ich vor knapp zwei Jahren auf die Straße und ich blieb immer in der Nähe des besagten Chefs. Ich konnte ihn nicht vergessen. Außerdem wurde immer noch nach mir gesucht. Heute weiß ich, dass sie das taten, weil sie mich auch noch aus dem Verkehr ziehen wollten. Denn ich wusste eben um die Identität ihres Bosses. Bald fand ich heraus, dass er ein Netzwerk über ganz Kalifornien und auch außerhalb hat und mit weit mehr Drogenarten handelt als die wenigen, die bei uns mal gelagert waren. Natürlich waren auch die Mengen ein ganz anderes Level. Ich hatte also mehr Wissen als ich haben durfte und ich wurde verfolgt. Aber ich drehte den Spieß um. Ich verfolgte ihn und dachte mir Tag für Tag neue Rachepläne aus. Ich war zerfressen von Rache, Lucas. Tut mir leid, dass das geschehen war. Ich wollte das alles selbst nicht mehr. Aber ich hatte es viel zu spät bemerkt. Und dann war es zu spät. Dann warst du da. Ein Junge, der so sonderbar ist, dass er schon wieder Charme hat und ich habe mich verliebt. Verliebt in Dich, elender Bastard.

Die Schrift an dieser Stelle war verschwommen und ich sah Rileys verheultes Gesicht vor mir, wie ihre Tränen auf dem Papier aufkommen und die Tinte verläuft. Meine Riley. *Mein armes Mädchen, was hast du nur getan?* Und meine eigenen Augen füllten sich mit Tränen. Diese Geschichte wirkte so unwirklich und doch so real.

Ich hielt das Buch ein wenig von mir weg, damit meine Tränen nicht noch mehr von der Tinte verwischen konnten. *In was bist du nur hineingeraten?* Ich wischte sie mir mit dem Ärmel ab, die Tränen und die Traurigkeit über Rileys Leben und den Verlauf der Dinge. Und ihren Tod. Ich wischte all das für diesen Moment weg, legte das Notizheft wieder auf meinen Schoß und fuhr fort:

Und dann war ich bei dir. Ich wusste, dass er einen Sohn hat, aber nicht, dass du es bist. DU, Lucas Edinburgh. Erst als ich das erste Mal durch das Tor eures Anwesens geschritten war und deinen Familiennamen auf dem Schild las, wusste ich, wer du bist. Ich habe mich so verarscht gefühlt, das kannst du nicht glauben. Zum ersten Mal konnte ich Julia von Shakespeare ein klein wenig verstehen (Was nicht heißt, dass sie kein Miststück ist.). Tja, und ich, in meinem Hass, hatte vor dich als Geisel zu nehmen. Ja, ich bin wirklich eine Hexe, eine skrupellose Egoistin, eine Zicke und Missgestalt. (Puh, ich muss mich beruhigen!) Jedenfalls ... ich hatte ein Treffen mit ihnen ausgemacht, indem ich auf einen Handlanger deines Vaters zugekommen bin. Ich meinte ich wolle mit dem Chef reden, ins Geschäft einsteigen und so weiter. Und deswegen brauchte ich deine Hilfe. Ich wollte dich als Druckmittel nehmen, damit ich dann deinen Vater erschießen konnte, ohne dass er mir etwas antun könnte. Es wird nicht nach Plan verlaufen. Ich weiß, dass er nicht erscheinen wird. Und ich will es dennoch durchziehen. Wenn alles wie erwartet passierte, bin ich jetzt tot. Und dann bin ich

hoffentlich bei meiner Familie. Das wollte ich bevor du da warst und wäre das ein Märchen, hätte ich auf dich gehört.
Es tut mir leid, mein Bastard.

Ich weiß, dass du mich liebtest, doch es durfte nicht sein. Ich hätte dich verdorben mit meiner Besessenheit nach Rache. Und hätten wir uns innig geliebt, wäre dein Schmerz nach meinem Tod unerträglich gewesen und ich – ich hätte mich nicht mehr getraut zu gehen und somit mein so dummes Ziel zu erreichen, weil ich sonst jemanden zurück gelassen hätte, und das könnte ich nicht und so konnte ich dich nicht lieben. Obwohl ich es tat.
Mein Ziel ist sehr töricht. Es war eigentlich kein richtiges Ziel, sondern eine krankhafte Besessenheit um einen Sinn zu haben. Ich wollte nach dem Tod meiner Familie nicht mehr leben. Also suchte ich mir einen Grund, und ich suchte mir Rache aus. Dann traf ich dich und ich sah, dass du nicht gelebt hattest und da wollte ich dir helfen. Aber eigentlich halfst du mir, Bastard. Du hast mich daran erinnert, was Leben eigentlich war und ich hatte es verloren. Ich danke dir, denn so konnte ich vor meinem Abdanken noch etwas Sinnvolles tun, und zwar dich zum Aufwachen bewegen.
Weißt du, Lucas, es ist egal was dein Ziel ist, wofür du lebst, ob für jemanden, eine Arbeitsstelle, einen Gott oder eine andere Religion, einen Traum oder irgendetwas; das Entscheidende ist, dass es dich erfüllt und du dieses hast. Dieses Warum. Ob es gut oder schlecht ist, liegt allein an deiner Herzenseinstellung. Und nur du selbst hast es in der Hand und es kann sich ändern und manchmal weiß man nicht mehr woran man glauben soll oder will. Und das ist auch in Ordnung. Leben bedeutet eine Aneinanderreihung von Phasen, die es zu durchlaufen gilt und in diesen darfst du dich verlieren

und finden und wieder verlieren und finden, und das so oft du willst und so oft du es brauchst.
Du hast einiges in deinem Leben falsch gemacht, mein Bastard, ich will nicht damit sagen, ich tat das nicht – aber hier geht es um Dich. Das Verheerendste von allem war wohl, wenn nicht schon selbst zu leben, niemand anderem dabei zu helfen zu leben. Ich will, dass du lebst und wenn du es nicht kannst, dann zeige jemandem – so wie ich versuchte es dir zu zeigen – wie man lebt, das ist mein letzter Wille. Ich wollte noch so viel in meinem Leben tun. Ich wollte meinen Abschluss nachholen und Bücher schreiben oder sogar das Abitur nachholen und studieren. Aber das kann ich jetzt nicht mehr und mir wird erst jetzt der eigentliche Wert meines Daseins hier bewusst.
Deswegen:
Ich will, dass du endlich lebst, Lucas Edinburgh, mein Bastard. Denn du bist beides: Bastard und Lucas. Und ich liebe beide. (Upsi, jetzt ging es wieder um mich J)

Das Glück deines Lebens hängt von der Beschaffenheit deiner Gedanken ab; ein Zitat von Marc Aurel und er hat Recht. Vergiss nicht, mein Herz, du gibst die Bedeutung.

Strahlende Grüße von Oben,
deine total verknallte Riley

PS: trauere bloß nicht um mich, du sollst dich freuen mich kennengelernt zu haben, so jemand Cooles triffst du nicht alle Tage, mein Bastard.

Kapitel 15

Manchmal habe ich das Gefühl ich träume und als ich die Sonne vor mir in ihrer vollen Größe erblickte, glaubte ich langsam daran.
Aber vielleicht war das auch gar nicht das Gefühl zu träumen, sondern das Gefühl zu leben.

Rileys Worte … bewegten. Mehr konnte ich dazu nicht sagen. Ich war komplett überrumpelt. Sie hatte mir ihre Geschichte erzählt, mich geliebt, obwohl mein Vater ihre Familie auf dem Gewissen hatte und ein internationaler Dealer war (ich meine, *WAS ZUM TEUFEL??* Ich konnte es nicht glauben, obwohl ich es ihm zutraute), sie hatte mir ihren letzten Willen gewidmet und trotz allem ihren Humor nicht verloren. Der in dieser Situation eigentlich total unpassend war. Aber so war Riley. Unpassend. Sie passte nie hier hinein, vielleicht war das ein Grund warum ich sie so liebte.

Nach diesem Brief bekam ich immer mehr das Gefühl, dass sie sterben *wollte*. Für sie gab es hier nichts, was sie hinderte, ihre Familie könnte sie womöglich im Himmel wieder treffen und sie wäre den Schmerz los. Doch sie wusste selbst, dass das nicht richtig war. Sie hatte es gemerkt, aber zu spät; so hatte sie es geschrieben und es stimmte.

Je näher wir dem – ihrer Meinung nach – Unvermeidlichen kamen, desto mehr brach alles aus ihr heraus. Die Trauer über ihre Verluste, der Hass, die Besessenheit alles hinter sich zu lassen und gleichzeitig der Wunsch wieder zurück zu den guten Zeiten zurückzukehren.

Ich wusste ich konnte jetzt nicht mehr in dieser wandelnden Zombie-Starre verweilen, die ich vor Rileys Zeit mein „Leben" nannte. Ich verstand, dass mir das Dasein auf dieser Erde so viel mehr geben konnte, dass ich so viel mehr daraus machen konnte und dass Riley dem nicht zusehen konnte. Ich hatte so gut wie alle Möglichkeiten! Ich konnte alles tun, was mir beliebte! Und das versuchte Riley mir wohl klar zu machen. Und jetzt, wo ich das wusste, konnte ich meine Zeit nicht mehr mit Trübsinn vergeuden. Ich musste jetzt anfangen.

Ich schlenderte den Park entlang und hörte währenddessen Musik mit meinen Kopfhörern. Mittlerweile war die Welt aufgewacht und Jogger, Spaziergänger und Herrchen mit ihren Hunden belebten die Pfade. Ich ging noch tiefer in die Massen der Menschen und fand mich in der Stadtmitte wieder, in der ein Platz mit Springbrunnen, Bänken und dutzenden Läden vorzufinden war. Und natürlich Menschen. Sehr viele. Ich sah mich um. Die meisten schienen hektisch mit ihren Kaffeebechern umher zu hasten und vergaßen sich und ihre Umgebung. Niemand schien sich um die relevanten Dinge zu kümmern. Ein Kind hatte gerade eine Münze vom Boden aufgehoben und lächelte freudig über diesen Fund, aber niemand achtete darauf; jemand stellte einige Ständer vor seinen Ramschladen und nieste, niemand sagte die – auch wenn sie unsinnig ist – umgängliche Formel „Gesundheit". Die meisten schauten auf ihre Handy-Bildschirme, was an sich nicht schlimm war, doch sie vergaßen damit alles andere. Sie sahen sich nicht einmal an. Es versetzte mich in eine trübe Stimmung und ich fragte mich, ob diese Menschen glücklich waren. Nicht, ob sie Spaß hatten, nein, das war ein Unterschied. Ich setzte mich auf den Rand des Brunnens und beobachtete weiter die hetzenden Menschen um mich herum. Ich fühlte mich wie jemand, der als Einziger in einem Kinosaal saß, während der Film lief und man wusste, dass das ein anderes Universum war. Doch auf einmal war ich nicht mehr allein. Ich spürte etwas an meinem Arm und das Kind, das die Münze gefunden hatte, stand neben mir. Fragend blickte ich es an. Es zeigte mit dem Finger auf das Gewimmel und Treiben, auf die Szenerie, die sich vor uns abspielte und fragte mich mit seinen großen Augen: „Warum bist du nicht dabei?" Mich überraschte diese Frage und meine Augenbrauen hoben sich. Dann musste ich schmunzeln. „Weil ich glaube, ich habe verstanden. Und die noch nicht ganz", ich zeigte beim letzten Satz in die gleiche Richtung wie das Kind. Das Kind klemmte die Zunge seitlich zwischen die Lippen und überlegte. Dann sah es mich wieder aufmerksam an. „Und warum verstehen das so viele nicht?" Jetzt biss ich mir auf die Lippe und dachte nach. Dann sah ich es wieder an. „Dafür gibt es ganz verschiedene Gründe. Es ist so, wir kommen als Babys zur Welt und wir verstehen sie, aber mit der Zeit verlieren wir dieses Verständnis und wir müssen es wieder neu erlernen und finden." Das Kind schnitt eine Grimasse. „Was soll das denn bedeuten?", es war eine Frage, keine rhetorische, aber es erwartete dennoch keine Antwort. „Ich glaube, ich werde nie verstehen, es nicht zu verstehen", setzte es nach einer langen Pause hinzu, setzte sich mit einem Sprung neben mich auf den Brunnenrand und so saßen wir zu zweit. Ich, im Versuch zu verstehen, es, im Versuch das Nicht-verstehen zu verstehen.

„Lucas und Bastard – beides meine Namen, beides eine Person. Und beide werden strahlen. Hörst du, Riley? Bis ich zu dir komme, sieh auf die Erde und beobachte den Stern, dem du einen Namen gabst. Du wirst ihn leicht unter den anderen finden, denn dieser Stern wird heller leuchten, heller als je zuvor und heller als alle um ihn herum. Und, auf dass die Menschen um ihn auch beginnen Sterne zu sein. Und so erschaffe ich dir, mein Herz, meine Riley, deine ganz eigene Milchstraße. Also: beobachte die Sterne von oben, ich werde deinen Blick jede Nacht suchen, und am Tage werde ich deine Energie in mir tragen.

Siehst du, Riley? Ich lebe, weil ich jetzt weiß, dass ich leuchten kann, weil ich glaube zu verstehen, weil ich ein Warum habe, weil ich dich habe."

„Wer ist Riley?", das Kind stupste mich von der Seite an.

„Eine Freundin", erklärte ich ihm.

„Und wo wohnt die?"

„Da oben", ich zeigte mit dem Finger in den Himmel über uns.

„Und hat sie dir geholfen zu verstehen?"

„Ja", sprach ich. „Ja, das hat sie."

Und nach einer Pause fragte ich es: „Kennst du Gustav Mahler?"

„Nein, wer ist das?"

„Ein Komponist. Und er hat da so ein wunderschönes Lied geschrieben, was man auch eine Sinfonie nennt und die heißt Adagietto. Willst du sie hören?"

Das Kind zuckte mit den Schultern: „Warum nicht?"

Ich reichte ihm einen Stöpsel meiner roten Kopfhörer und es schob ihn sich ins Ohr.

„Das Besondere am fünften Satz ist, einem bestimmten Teil von dieser Sinfonie, dass er sehr zart ist. Er ist fein gespielt und scheint nur an der Oberfläche zu streichen, sie nicht einmal zu berühren. Und doch dringt sie bis unter die Haut vor, man merkt es nur nicht sofort. Das ist das Erstaunliche an ihr."

„An ihr?", fragte das Kind verwirrt.

„An meiner Begegnung mit Riley. Mit ihr."

„Mh", machte das Kind.

Und so saßen wir, ich, im Versuch zu verstehen, es, im Versuch das Nicht-verstehen zu verstehen, nebeneinander, uns gegenseitig fremd, und lauschten Mahlers Sinfonie, während die Welt um uns sich in unregelmäßigen hektischen Kreisen bewegte – und wir, mitten drin, in einer gelassenen Starre, die uns atmen ließ.

Epilog

„Ich komme!", rief ich genervt dem energischen Klopfen an meiner weißen Zimmertür zu. „Sie wollen, dass ich gut aussehe, lassen mir aber gar keine Zeit dafür! Oú est la logique?", murmelte ich vor mich her, während ich die Schleife in meinem Haar band und den Stoff des dunkelblauen Kleides, das ich trug, zurecht zupfte. Die Tür meines Prinzessinnen-Zimmers öffnete sich und mein Vater stand im weißen Türrahmen. „Wo bleibst du denn, Camille? Die Gäste unten warten schon und die Kunstwerke werden erst enthüllt, wenn du herunterkommst! Zu spät zu sein ist nicht damenhaft!", ratterte er in strengem Ton auf Französisch herunter. Ich verdrehte die Augen, lief eilig auf ihn zu und hakte mich bei ihm unter. Kurz darauf liefen wir wie Vorzeige-Tochter und Vater die prunke Treppe hinunter in einen Saal voll Menschen, die ich nicht kenne, einem Künstler, der mich nicht interessiert und das alles, weil mein Vater zusammen mit diesem „Freigeist" benachteiligten Familien in den ganzen USA helfen möchte. Dazu diese Ausstellung in meinem Haus, an meinem Geburtstag, in der Hoffnung diese fremden reichen Schnösel lassen großzügige Spenden da. Uns wurde zugeprostet, eine kurze Rede von mir, ein paar Worte von Paps und ich fing an mich unters Volk zu mischen. Eine Gruppe von älteren Frauen fiel mir ins Auge, die sich angeregt unterhielten. Ich stellte mich unauffällig dazu und lauschte was sie so erzählten. „... erst 19!", rief gerade eine alte Schachtel aus, mit viel zu protzigen Perlen um ihren Hals. „Ja, wirklich unglaubliche Leistungen! Und fließendes Französisch! Aber furchtbare Gerüchte zugleich", mischte sich ein eloquenter Geschäftsmann ein, den ich vom Sehen her kannte. „Oh, ja! Er soll seinen eigenen Vater der Polizei gemeldet haben. Dieser soll eine Unzahl an Verbrechen begangen haben, galt aber als angesehener Firmenleiter mit glücklicher Familie und großem Reichtum", der Ton der alten Schabracke hatte einen Anflug von Neid angenommen, der aber von Überheblichkeit übertönt wurde. „Er soll sogar am Tod seiner eigenen Frau Schuld tragen! Ist das zu glauben? Sie soll durch einen Verkehrsunfall gestorben sein, sagte man, aber eigentlich hatte sie eine Affäre und er war so eifersüchtig, dass er sie umbrachte!", tratschte eine dritte dazwischen. Eine grauhaarige mischte mit: „Ich habe gehört er soll seinem Vater gedroht haben und dieser soll sich anschließend erhängt haben."

Mir lief ein Schauer über den Rücken, der sich in meinem ganzen Körper ausbreitete. Wie konnte ein Mensch nur so grausam sein? „Ah! Die Bilder werden enthüllt! Magnifique! Und da vorne ist der Künstler", bemerkte eine jüngere Frau im Kreis strahlend. Ich folgte ihrem Blick. Da stand ein hochgewachsener dunkelhaariger Junge im Anzug. Er hielt ein Weinglas in der Hand und strich mit der anderen gedankenverloren über den schwarzen Flügel, neben dem er stand. Er achtete gar nicht auf das Staunen der Leute und die Komplimente, die sie ihm gaben. Er schien weit fort mit den Gedanken und nun wurde meine Neugierde auf diesen Künstler doch geweckt. Ich entfernte mich also wieder von der spießigen Gruppe und schlenderte in Richtung des jungen Mannes. Er hatte seine Position verändert. Er stand nun, immer noch sein Weinglas in der Rechten vor sich haltend, vor einem seiner Bilder. Ich stellte mich neben ihn. Er machte keine Anstalten mich zu begrüßen und so ließ ich meine Aufmerksamkeit von seinem Profil auf das Bild wandern.

Mir stockte mit einem Mal der Atem. Ich konnte nur noch ein- aber nicht ausatmen. Mein Herz begann in der Brust zu springen und es war als würde die ganze Welt inne halten, nur um dieses Werk zu betrachten.

Ohne den Kopf abzuwenden fragte ich heiser: „Wer ist das?"

„Eine Freundin", sagte er mit tiefer, rauer Stimme, verhalten und nahm einen Schluck von dem Rotwein.

Es kostete mich einige Kraft, aber ich schaffte es nach einigen Sekunden meinen Blick loszureißen und auf der Unterseite des Rahmens den Namen des Bildes zu lesen: *„Desiderium"* war da in geschwungenen Lettern zu entziffern. Desiderium. Latein und übersetzt Sehnsucht. Und, ja. Ich konnte die Sehnsucht nur zu gut spüren. Doch das war vollkommen absurd, denn ich kannte diese Frau nicht. Ich hatte sie nie gesehen. Und doch wollte ich sie sehen, bei ihr sein und sie spüren. Ihre Nähe fühlen. Ich lachte auf. Ein irres, fremdes Lachen, das ich nicht als meines identifizieren konnte. So plötzlich wie es kam, schlug es in unkontrolliertes Schluchzen um und ich registrierte Tränen, die ungehalten von meiner Nase und meinen Wangen tropften. Erst jetzt merkte ich, dass ich meine Hand ausgestreckt hatte, so als wolle ich das Bild berühren. Ein Finger strich sanft die Spuren der Tränen von meinen Wangen und ich sah in grüne – ebenfalls feuchte – Augen. „Wer sind Sie?", fragte ich mit zittriger Stimme. Ich war überwältigt von meinen eigenen Gefühlen. Aber warum? *Du kannst nicht mehr klar denken, Camille,* versuchte ich mich selbst zu beruhigen.

„Lucas Edinburgh. Du kannst mich auch Bastard nennen, wenn du wünschst. Das hat sie immer getan. Ich darf doch ‚Du' sagen, oder?"

Verwirrt blinzelte ich ihn an. „Wer ist ‚sie'?", brachte ich nur hervor.

Er nickte in Richtung des Bildes und ich verstand.

Ich zog die Augenbrauen zusammen. Mir war bis jetzt entfallen, dass er mit mir in meiner Muttersprache redete. Ich sah zu ihm hoch und fragte mich, was für ein talentiertes Wesen er wohl war, ein Amerikaner, der fließend Französisch sprach und solch unglaubliche Werke hervorbrachte.

Als hätte er meinen Gedanken gehört, sprach er leise: „Es ist nicht wichtig, wie viel wir wissen oder welche Talente wir haben. Das Einzige, was von Belangen ist, ist unsere Herzenseinstellung."

Er war auf Englisch umgestiegen. Ich betrachtete sein Gesicht und fand auch in ihm das, was ich durch dieses Bild gespürt hatte. Die Sehnsucht. Den Hunger. Den Hunger nach Leben. Und meine Augen füllten sich erneut mit Tränen, weil ich erst jetzt verstand, wie lange ich geträumt hatte. Anstatt aufzuwachen und zu sehen, dass der wahre Traum direkt vor mir lag.

Danksagung

Als erstes möchte ich mich bei meinen Eltern bedanken, die mich zwar unfassbar nerven, es aber immer nur gut mit mir meinen. Leo weiß einfach alles besser und Julia weiß, wie man mich am besten auf die Palme bringen kann. Aber tief im Inneren, da weiß ich, dass ihr mich die ganze Zeit nur unterstützt habt. Oder es zumindest versuchtet. Dann meinem Bruder, dessen tägliche Gereiztheit ich zu schätzen weiß. Ich hab dich trotzdem lieb, Lola.

Im Anschluss meinen Verwandten und der restlichen Familie, die ich leider nicht oft sehe, die aber dennoch ihren Beitrag in meiner Entwicklung geleistet haben. Ihr seid alle meine Goldstücke.

Anschließend der vorher erwähnten Löwin, die mich immer wieder bestärkt hatte weiter zu schreiben und mich immer wieder inspiriert mein Bestes zu geben. Ohne dich wäre ich heute nicht derselbe Mensch.

Für meine Freundin, die ich liebevoll „Child of God" nenne, weil sie wahrhaftig ein Kind Gottes ist und er sie mir geschickt hat.

Ich danke Habibi, der mich immer wieder zum Nachdenken anregt und mich damit auch immer wieder aufregt.

Und ich danke der Eule. Du hast wohl mehr zu dieser Geschichte beigetragen als es scheint (ich hoffe, das ist jetzt keine Beleidigung für dich, da ich mir immer noch nicht sicher bin ob dieses Buch gut ist). Ich hatte dir tatsächlich mein Herz geschenkt.

Zuletzt danke ich allen anderen Menschen, die jemals in mein Leben getreten sind und ich danke allen Schriftstellern, die Werke zum Eintauchen erschaffen.

Danke für Eure Liebe!

Wie nennt man es doch gleich?

Wenn das Herz klopft ohne Pause, wenn der Atem stockt, wenn die Welt um einen zu schwinden droht und der Blick – vernebelt – wahrnimmt und auch nicht?

Nur der Mensch, um den sich alles dreht, zeichnet sich von den verschwommenen Farben ab, die im Hintergrund tanzen.

Ihr wisst, wovon ich rede, ich muss es nicht benennen und doch ... muss ich für mich klären, was in meinem Kopf, Bauch, Herz vorgeht; muss dem einen Namen geben, dem Chaos, das in mir wohnt.

Du fragst mich, was los sei und was soll ich antworten?
– Ich spreche Deinen Namen aus und damit zeitgleich das Geschehen in mir, denn du allein bist der Auslöser, bist die Benennung von Allem.

Ich hoffe, du siehst mich, denn ich sehe Dich.

Die Autorin

Melina Lorenz wurde 2003 in Rheinland-Pfalz geboren. 2006 zogen ihre Eltern mit ihr und ihrem älteren Bruder nach Bayern aufs Land.
Dort besuchte die Autorin die Grundschule und verbrachte eine glückliche Kindheit in der Natur. 2019 erreichte sie die Mittlere Reife. Derzeit besucht sie eine Fachoberschule, die sie 2022 mit Abitur absolvieren wird.
Anfangs nahm die junge Frau in der Grundschule noch Geigenunterricht, doch schon bald begann sie Kurzgeschichten zu schreiben und widmete sich fortan dieser Leidenschaft. Im Laufe ihrer Jugend entdeckte sie auch ihre Begeisterung für Kunst und szenisches Gestalten. Nach mehreren Anfängen ist „Desiderium" der erste Roman von Melina Lorenz, der veröffentlicht wurde.

novum VERLAG FÜR NEUAUTOREN

Der Verlag

„ *Wer aufhört
besser zu werden,
hat aufgehört
gut zu sein!*

Basierend auf diesem Motto ist es dem novum Verlag ein Anliegen neue Manuskripte aufzuspüren, zu veröffentlichen und deren Autoren langfristig zu fördern. Mittlerweile gilt der 1997 gegründete und mehrfach prämierte Verlag als Spezialist für Neuautoren in Deutschland, Österreich und der Schweiz.

Für jedes neue Manuskript wird innerhalb weniger Wochen eine kostenfreie, unverbindliche Lektorats-Prüfung erstellt.

Weitere Informationen zum Verlag und
seinen Büchern finden Sie im Internet unter:

w w w . n o v u m v e r l a g . c o m

novum VERLAG FÜR NEUAUTOREN

Bewerten Sie dieses Buch auf unserer Homepage!

www.novumverlag.com